都市傳說
解密報告

筆者是歷史學和超常現像愛好者，多年來致力搜尋世界各地神秘學的奇人奇事，因此和其他志同道合的朋友，組成「謎案研究所」。

自從幾年前，我們自己城市發生了巨大變化，熟悉的事物、親切的記憶，甚至真正的歷史都被扭曲和消失，我們便更專注於我們的家 -- 香港，略盡綿力記錄這裡的舊記憶，正史不記載的都市傳說。

我們大膽地把香港傳說加上掌故考據，史實資料與詭異故事共冶一爐，把靈異世界和真實世界置於同一平行時空，帶讀者進行一次文字上的本土靈探。

今次出版這部報告，在有限篇幅下，我們盡量搜羅香港古今隅地的奇人怪事。書中三大章節，也許成品未必盡善盡美，但期望能保留你我的一點珍貴回憶，那一點屬於香港的味道。

目錄

FILE 1 談奇述異
99%香港人要知道的都市傳說

FILE 2 奇幻世紀
每個區都有自己的靈異故事

目錄

FILE 3 踏上陰陽路

鐵路殘酷物語

FILE 1

談奇述異

99%香港人要知道的都市傳說

世上總有些超出常理、不可思議事情，一而再地發生；第一次出現，可以說是意外，第二次出現，也可說是不幸，但當出現第三第四甚至更多次數時，那人們便不得不考慮，事情背後是有一雙無形之手。

在香港這個彈丸之地，這類傳說多不勝數，當中一些可以當作閒聊，一笑至置之，但其中不少，卻是影響到人們生活的每一方面。作為香港人，有必要認真看待。

CASE
01

金融界不解之謎
令人顫慄的「丁蟹效應」？
秋官表示抗議！

「貪心輸錢贏 輸血不輸錢 人人去輸血 殺人不颰風 下雨去離島 離家喝牛奶 見人領遺產 出獄嫌錢腥 快樂沒人格 出家沒工錢 攻無不克 戰無不勝」──股市必勝法

香港曾有一位作家說過，娛樂圈中有一個人，只要他出現，你就知道這個節目必將變得業餘。然而，娛樂圈中還有另一個人，只要他一出現，就會「越界」，使幾乎所有的專業投資者都變成業餘，變成一隻隻的「大閘蟹」。

這裡所說的是「秋官」鄭少秋，以及他在電視劇《大時代》

中，因為飾演「丁蟹」一角，所衍生出的「丁蟹效應」。由於這個「丁蟹效應」是他引起的，所以也有人稱之為「秋官效應」。甚至連跨國投資公司里昂證券都曾經就此發表報告，使這一現象被其他國家的投資者所認識。

首先，讓我們來談談電視劇《大時代》和「丁蟹」的關係。在1992年10月播出的電視劇《大時代》中，秋官飾演了「股市狂人」丁蟹。在劇中，他經常在股市熊市中，透過拋售恒指期貨獲利。當時，香港股市暴跌，恒指在一個月內暴跌了20%，導致許多投資者損失慘重。

然而，奇怪的是，幾乎每次播出由秋官主演的電視節目，香港股市都會有不同程度的下跌。因此，市場上就開始流傳「丁蟹效應」的現象。由秋官主演的節目，從此成為市場上的熱門話題。有些股民甚至戲稱，只要有秋官的新節目推出，或者他的舊節目重播，就是股災的前兆。

最奇怪的是，即使過了一個世紀，到了2020年，這種效應依然存在！甚至已經演變成一種超越時空、跨越地域的都市傳說。

2020年1月13日，由秋官主演的內地劇集《將夜2》首播。在劇集播放期間，上證綜合指數從3100點左右的高位下調，到內地春節前收報2976點。春節後的復市首日，上證綜合指數甚至跌到約2700點的低位。

儘管香港並非震央，但並不意味著可以完全避免困難。在該劇播出的兩個多月期間，恒指巧合地跌了15%，而恒指更從1月28日的28,000幾點，在短短8星期內，急跌超過8,000點！期間甚至多次出現單日跌幅超過1千點。

你可能會問：秋官在全盛時期可以有多強？以下是一些驚人的數據：

1992年10月，《大時代》播出期間，香港股市在一個多月內下跌超過20%，下跌1,283點。

1994至95年播出的劇集《笑看風雲》，香港股市在該劇播映期間，下跌多達20%，一個多月內的跌幅最高達到1,976點。

1997年12月播出的《江湖奇俠傳》，剛好碰上亞洲金融危機。恒指在一個月內的跌幅高達26%，跌超過2,800點。

更有統計，從1992年至2013年這20幾年間，由秋官演出的節目超過40套，節目上映期間股市下跌的次數多達33次，近乎7成的機會率實現效應。

「秋官效應」甚至得到了里昂證券的認可，里昂證券曾經特別就「丁蟹效應」發表報告，指出「丁蟹效應」的影響力可以在節目播出期間，維持約6成的時間。

儘管有人指出，歷年來為「丁蟹效應」撰寫的報告，大多數都不足以證明丁蟹和股市之間的關係。主要的理由是樣本數量太少，或者利用迴歸分析進行計算過於簡單，甚至沒有將秋官參演的電影和舞台劇一併計算，導致結果並不合理等等。

另外，有人表示「丁蟹效應」可能只是心理學中一種叫做「自我實現預言」的現象。也就是說，當股市投資者知道秋官的劇集即將播出時，他們已經感到恐慌，然後恐慌性地拋售持有的股票，導致股市暴跌，使「丁蟹效應」再次實現。

無論「丁蟹效應」是真是假，都已經確實引起了許多人的熱議，至少經過了二十多年後，人們仍然一再將這段歷史拿出來討論。這使得「丁蟹效應」看起來似乎是真實存在的，你對此有何看法呢？

CASE
02

超越或然率的預言家
KOL 王者
昂然踏上「燈神」之路！

如果我告訴你，真正控制美國大選選情的幕後黑手，是一股來自東方的神秘力量，你會相信嗎？我見過，我真的見過！

他高傲，但卻懷著仁厚的心。 他低調，但卻受到萬人的景仰。 他可以將神賜予人類的火，運用得出神入化。

雖然沒有人知道他究竟是神仙的化身，還是來自地獄的使者，但唯一可以確定的是：當他將火焚燒到你的時候，即使你掌握著大好形勢，最終也可能以失敗告終，你甚至會懷疑人生，嘆息說「阿姨，我不想努力了。」

這裡所說的就是……超越概率的預言家、KOL王者、人稱「燒山」的「最強燈神」：資深傳媒人兼時事評論員蕭若元。

蕭生之所以被稱為「最強燈神」，是因為在他的「神燈」的照耀下，世界原來真的是平的！以下是一些曾經被他「燈中」的人物和事件，包括：特朗普、希拉莉等等，真的是「神燈面前，人人含忍。」

比較引人注目的事件，就是蕭生在上屆美國大選期間，推測特朗普會以「山泥傾瀉式大勝」，但後來的發展是：起初特朗普在其餘主要搖擺州份取得優勢，例如賓夕法尼亞州、俄亥俄州、密西根州、威斯康辛州的得票率，分別領先對手拜登14.4、8、11.2及4.5個百分點。但一夜之後，特朗普的得票率就急跌，而在密西根州、威斯康辛州更輸給了拜登。

對於特朗普而言，如果說蕭生是左右他命運的「東方神秘力量」，絕對不為過。因為特朗普當日之所以能登上總統寶座，蕭生絕對功不可沒。回顧2016年11月，蕭生在美國大選前兩個月內，多次拍片分析特朗普會大敗收場。結果特朗普順利擊敗希拉莉，成為美國第45任總統。也因為這次「燈中」事件，使他踏上了「燈神」之路。

正如電影《頭文字D》中阿木所說：「神以前都是人，但他做到人做不到的事，之後他就是神了。」

那麼，蕭生在預測能力方面，是如何做到別人所不能的呢？讓我們一起看看他在重大議題上，如何展示他最神的一面。

2017年，蕭生「燈中」了幾件與幾位特首有關的事。例如他曾經明言曾蔭權因法律程序問題，未來幾年都不必坐監，但可惜曾蔭權幾日後，被判囚20個月。

另外，他也曾指出，UGL事件會阻延梁振英做政協副主席，但梁振英幾日後，以高票通過，獲選為政協副主席。

蕭生更預言中聯辦較相信葉劉淑儀，以及曾俊華會贏出2017特首選舉，但最後林鄭卻贏出選舉。

雖然蕭生在2018年「燈中」的事件較少，但含金量一點都不少，例如他認為美軍不會軍事干預敘利亞，但兩日後美、英、法三國就對敘利亞進行空襲。

他也預言「國民陣線」會在馬來西亞大選中獲勝，但結果由「希望聯盟」勝出。

由於2019年，無論是國際還是香港，都是局勢較動盪的一年，所以也是蕭生較多產的一季。

在本港大事上，他曾經指特首林鄭已向中央政府辭職，但結果林鄭在消失十日後，首次露面與政協人大會面的時候，即表明中央對自己仍然十分支持，還說自己一定不會辭職。另外，他又指出《禁蒙面法》不會那麼容易通過，但到第二日，政府就用《緊急情況規例條例》，迅速通過《禁蒙面法》。

至於在國際線方面，蕭生又預測過英國「硬脫歐」的話，英鎊兌港元匯價一定會跌到去1英鎊兌8蚊港幣，但同年10月17日英國首相宣佈與歐盟達成協議，英鎊兌港元一度升上10.1284，還是當年的近月高位。

他當時又預測美國總統特朗普會在中美貿易談判有結果後，先至會簽《香港人權與民主法案》，但特朗普在一星期後就簽署法案。

至於2020年，蕭生就分析過，歐、美無可能爆發大規模疫情，因為兩地地方大、人口又少。 但最終兩地在3月起開始，爆發大規模肺炎疫情，歐洲多國更成為確診人數最多的頭十幾個國家。

不過，也要公平地說，蕭生也有「破燈」的時候，例如他就成功預測蔡英文會在台灣大選中勝出，所以「燈中」也多人說，「燈不中」也多人說，「KOL王者」果然名不虛傳。

對於被外界封為「燈神」，蕭生其實一點都不介意，他甚至自嘲一番，例如為了幫助旗下一間專做石燒生意的食肆做宣傳，他粉墨登場化身「燈神」拍片！所以「燒山」燈還燈，不過是「WELL燈」！

CASE 03

戰勝大自然的男人
逆天傳說之「李氏力場」！
記得準時返工

他，會為你遮風擋雨。

他，會提醒你準時起床上班。

他，可能不是你的夢中情人，但你夢到的都會記得他。

他就是戰勝大自然的男人「李超人」，以及傳說中屬於他的李氏力場。

所謂的李氏力場，並非肉眼可見。它並非時刻存在，但只要香港受到颱風的挑戰，市民(尤其是勞動者)的生命受到威脅時，力場就會出現，自動建立防護網。

此外，力場還會通過產生的磁場來抵消風暴的威力，或者吸收全港勞動者渴望上班的意念，對外來入侵者發出致命一擊，從而改變風暴路徑，成功化險為夷，使勞動者的上班心情不受影響，第二朝可以安心出行，準時上班。

力場不會因為看到香港人受風吹打，就轉身離開我們！

那麼，力場最初是如何被發現的呢？

2006年8月3日，颱風「派比安」襲擊香港。期間，香港廣大地區受到烈風或暴風的襲擊，天文台表示，由於維多利亞港內並未錄得持續烈風，未達到懸掛八號風球的標準，因此只能發出三號強風信號，引起市民的疑問。

後來，有人指出天文台實際上隸屬於經濟發展及勞工局，因此開始懷疑天文台偏袒商界，或受到商界壓力，故意不懸掛八號風球，以免因停工停市而損害商界的利益。矛頭更指向被稱為「香港首富」、「商界之首」的「李超人」李嘉誠，認為天文台受到李嘉誠的控制，說是李嘉誠不准天文台發出八號或以上的信號，「李氏力場」的說法由此誕生。

但是，筆者認為，這種說法未免太小看力場的威力，因為只要力場發功，香港市民根本不用擔心。既然最後沒事，又何必像掛上8號風球那樣驚慌呢？

以下是幾場李氏力場成功保護香港的戰役：

地標戰：西馬侖 2006年10月31日，颱風西馬侖進入距離香港800公里範圍。之後，西馬侖繼續向西北偏北移動，路徑直指香港。

當大多數上班族都擔心無故被迫放「颱風假」之際，有人立即召喚「李氏力場」求救。結果「西馬侖」的路徑突然徹底改變，由原本向西北偏北直指香港，改為向西南偏南移動，最終遠離香港。

回應求救召喚的速度，比許多求助熱線還要快！

不反咬香港人的獅子：獅子山 2010年8月底，強烈熱帶風暴獅子山試圖進入香港，但在400公里範圍內被彈走。獅子山立即來了一個大迴環，並嘗試從香港的後方突入，結果失敗。獅子山從香港北面擦過，然後慢慢變弱。

嚇到風都怕：芭瑪 2009年10月3日，颱風「芭瑪」直線衝向香港，但進入香港800公里範圍內不久，芭瑪突然來了一個180度轉向。

留前門後：鮎魚 2010年10月22日，超強颱風疑似受李氏力場干擾，在離香港400公里的位置僵持，畫了一個完美、看似人為的六分之一圓，然後向北面進發。

一拳K.O：艾利 2011年，熱帶風暴「艾利」在菲律賓造成24人死亡，但衝向香港時剛好在800公里外的位置被李氏力場完美K.O.！

然而，李氏力場自2017年開始失效。例如在2017年，有幾個八號或以上的颱風：「洛克」、「柏卡」、「卡努」都是在早上懸掛，而超級颱風「天鴿」是在星期三清晨懸掛。雖然力場似乎失手，但如果沒有失去，又怎會知道珍惜呢？

雖然天文台一直都對李氏力場這個保護香港的武器避而不談，但似乎市民並不這麼看！2014年5月，當時的天文台台長岑智明在講座中，與學生分享天氣迷思，期間就對「李氏力場」進行了現場民調，結果有一至兩成的學生舉手表示相信。

就連TVB，也多次在他們的劇集中提到李氏力場：

在《愛。回家》2012年的其中一集中，楊卓娜說：「你每天都得到那氣場保佑的。」

在《衝上雲霄2》中，張智霖也說過：「你不知道香港有堵牆保護嗎？就算有颱風也會晚上才來，第二天就走了。」

甚至在2016年8月1日中午，颱風「妮妲」襲港在即，香港政府新聞網在自家facebook專頁發佈相關消息時，漏口風提到「李氏力場」，帖文中寫到：「李氏力場今次會唔會發揮作用呢？」看來政府內部的說法並不一致。

所以，如果你想「保護香港這個家」，下次你就知道應該找誰了？

沒錯，答案就是：李，氏，力，場。

CASE
04

賠了夫人又折兵！大哥代言魔咒！商家以生命作賭注……

香港，好打得的人有好多。

例如李小龍，好打得！

石堅，好打得！

或者周星馳，都好打！

甚至林鄭…

但，說到好打得又「陀衰家」，你又會想起哪一位呢？

廣告商找代言人賣廣告，無非都是想通過代言人刺激銷量。然而，以下這個人的出現，可能會讓廣告商老闆受不起刺激。

影星成龍，原名陳港生，他在電影中打遍天下無敵手。但諷刺的是，現實世界中的成龍，彷彿被施以魔咒。

網上資料顯示，由成龍代言的品牌，當中不是倒閉，就是官司纏身。

內地商界更流傳一種說法：有一種企業死亡，叫「成龍代言」，也有網民稱成龍為「品牌終結者」。

其中最為香港人熟悉的公司，就是海南航空旗下的「香港航空」，以及內地品牌「霸王」洗髮水。

成龍在2017年為香港航空拍廣告。沒想到，只過了兩年，港航在2019年12月就出現財務危機，期間甚至一度面臨被吊銷牌照的困局。然而，大難之後未必有後福，因為繼2020年2月港航裁員400人後，12月中又再裁員250人。

提起成龍幫航空公司拍廣告這件事，有不少人都將「港航」，跟早前被註銷牌照的「國泰港龍航空」混為一談。難道只要有個「龍」字，就一定出事嗎？

至於在2008年，成龍憑著代言「霸王防脫洗髮液」廣告中，所自創的潮語「動L」，使廣告商在中港台紅極一時。他在廣告中聲稱霸王的洗頭水無化學成份，但後來有傳媒卻指出霸王洗頭水被查出含致癌物，使股價大跌。

雖然生產商最後成功澄清，但霸王的聲譽已經嚴重受損，相信老闆的頭髮也掉了不少。

更有網民與成龍翻舊賬指出，稱他為「死神代言」。以下是網民列舉的「食買玩」例證：

內地飲料品牌「汾湟可樂」，在1995年至2002年，一直位列國內飲料市場三巨頭之一，與可口可樂和健力寶銷量鬥得難分難解。「汾湟」後來更豪花6000萬，請成龍代言。但到了2003年左右，汾湟可樂卻無緣無故在市場消失，謎過成龍套戲《特務迷城》。

另外，成龍自2008年起擔任中國鄭州知名品牌「思念牌」水餃的代言人。在他豎起拇指的一款廣告包裝袋上，寫著「骨湯加菌湯」。然而在2011年，該品牌的水餃被查出細菌超標，全線緊急下架，使得喜歡吃這款水餃的人，只能將這種情懷化作思念。

許多人都知道成龍非常喜歡日本三菱汽車，在他的電影中，經常可以看到三菱車。他本人代言三菱已有二十多年，而三菱EVO更是他最喜愛的車款。成龍甚至曾經聲稱同時擁有56部三菱車！但後來三菱官方因為某些原因，宣佈停止開發該款車，不會再推出下一代車型。

此外，「愛多」是中國製造VCD播放機的廠商，當年老闆豪花2億請成龍代言。但是，在2000年，「愛多」的老闆被控告詐騙和挪用資金，被判坐監及罰款。

Sony2020年推出第五代遊戲主機，而國產的主機「小霸王」，歷史更為悠久。「成龍大哥」曾為其代言，使「小霸王」成為遊戲史上其中一部暢銷主機，可惜最後還是敵不過魔咒而倒閉。

或許成功的人，總喜歡挑戰命運。他們認為所謂的「成龍魔咒」其實是假的，於是找成龍做指定代言人，結果不僅沒有倒閉破產，反而越做越好，比如說內地冷氣品牌「格力空調」。

數據顯示，成龍在代言格力的4年中，格力呈現出驚人的增長率，代言當年，格力就有高達42.62%的按年增長。生意賺不少，難道格力會像本港某大銀行那樣，有凍結人的能力？

另外，成龍在2020年為手機遊戲《一刀傳世》賣廣告，該款遊戲現在在內地爆紅，開發商公司旗下多款遊戲都曾經錄得過單月過億成績。

難道這種靠玩家課金的手遊，真的可以憑藉破財擋災，幫成龍化解厄運，做到真正可以幫到成龍的「成」就解鎖？

CASE 05

世紀大火
嘉利大廈添亡魂
麟伯真．小生怕怕

嘉利大廈（Garley Building）位於香港九龍佐敦彌敦道二百三十三號，約於佐敦道及彌敦道交界，是一座十五層樓高的商業建築物。

大廈於1996年11月20日發生五級大火，造成四十一死八十傷。火災後，該大廈一直空置，直至2003年9月12日，大業主華潤創業統一業權，大廈於2004年拆卸，計劃發展為銀座式購物商場「佐敦薈」（JD Mall），業主其後改變計劃，由原來銀座式購物商場轉作商場連寫字樓發展。

新大廈在2007年落成，分租給多個商戶。地下至二樓為中藝國貨分店；六樓為香港教育工作者聯會辦事處。

寶麗金唱片公司租用十一樓為錄音室，十二至十四樓部分樓面作為唱片資料庫。

周生生珠寶金行租用十四樓部分樓面為電腦資訊部，十五樓部分樓面為會計部及資訊部。

其他樓層和舖位分租給多間醫務所和用作其他商業用途。

1996年11月嘉利大廈進行電梯更換工程，大廈內四部電梯有兩部被移去，工人在電梯槽內搭有竹棚，各層電梯門亦被移走，改以木板臨時覆蓋。

嘉利大廈（彌敦道）業主立案法團於10月30日，由國際聯合物業管理有限公司代行在管理處貼出《有關電梯拆卸工程滋擾問題》告示：

本廈三號、四號電梯之拆卸工程將於十一月一日（星期五）起展開，在拆卸電梯過程中，會有黑煙冒出並有異味散發，各業戶請勿驚慌，工程期間造成滋擾及不便，敬希見諒。

11月20日下午四時四十七分，在十一樓電梯槽的燒焊及焊切金屬作業造成的火屑和裁切掉落的高熱金屬片，最先點

燃二樓電梯槽及電梯大堂內的木板雜物及建築材料。

由於大廈管理處的早前貼出告示，火警初期產生的煙未引起樓上租戶注意。火勢沿竹棚向一樓及三樓蔓延，波及另一電梯槽、電梯大堂及中藝國貨貨倉。

火勢產生的濃煙和高熱氣體在電梯槽內持續向上升，在電梯槽的頂部積聚，形成煙囪效應。

當時大廈的電梯門只以木板遮蔽，電梯槽內的高熱氣體迅速燒穿圍板，進入十一至十五樓電梯大堂，其中十三至十五樓的防煙門沒有關閉，高熱氣體蔓延至走廊及辦公室，與新鮮空氣接觸後燃燒，在高層造成另一火場。

電梯槽內亦因高熱氣體在高層散逸產生低壓，將戶外空氣經窗戶抽入低層火場，令火勢更加猛烈，火勢沿電梯槽和樓梯迅速上竄，整幢大廈頓時陷入火海。

火警很快升為五級，大批災民被困在大廈天台，當局首次出動直升機在鬧市救人，政府飛行服務隊的UH-60黑鷹直升機，冒着大火及濃煙，將四名市民救離現場。

大火焚燒二十二小時，於翌日下午1時47分被救熄，共釀成四十一人死亡，八十人受傷。

一些屍體是消防員在大廈內搜索頹垣敗瓦時發現，但已燒成灰燼，無法辨認。

駐守長沙灣消防局的二級消防隊目廖熾鴻，在五樓火場搜索失蹤者時誤墮電梯槽而殉職。

死者包括任職於周生生珠寶金行資訊部及會計部的二十二名員工。

在火警發生前，著名實力派女歌手陳慧嫻接受電台訪問，透露有一日在嘉利大廈乘搭升降機時，按寶麗金唱片公司所在的十樓，升降機到達時沒有停下，上了後來發生火災的十五樓才停下，開門只見十五樓一片漆黑。

她後來乘搭升降機折返寶麗金公司時問同事：「上面裝修嗎？」

同事稱整幢嘉利大廈除升降機外並無裝修，她後來再乘升降機上十五樓查看，發現樓層一切正常，在電台訪問後，陳慧嫻再沒有公開談論此事。

豈料數日後，嘉利大廈發生五級大火，位於十五樓的周生生辦公室傷亡慘重，燒死了二十多人。

寶麗金另一女歌手黎瑞恩和音樂人劉志遠，說大廈四部升降機，雖然經常維修理，但卻仍有小毛病。

黎瑞恩有一次按升降機到十樓，升降機卻上了十五樓，門開了後看見的竟是一道牆。

譚詠麟試過在寶麗金錄音中去洗手間，途經升降機時，升降機門突然打開，但入面空無一人，譚詠麟開玩笑地對升降機說：「我還未走啊！」

升降機門這時突然又關上，升降機繼續向上升，譚詠麟從手間回來經過升降機時，看見升降機停在十五樓，他好奇按升降機掣，但升降機仍停在十五樓，沒有降到十樓。

除寶麗金歌手外，有居民在火警發生前，在走廊曾與無數個黑影擦身而過，乘搭電梯時，電梯未有在指定樓層停下，反而在十五樓停下開門，門外是破爛及燒焦的地方。

在嘉利大廈對面居住的住客，在慘劇發生前一晚，感到天氣別炎熱，從窗戶向外看，見到嘉利大廈整幢大廈變了暗紅色，有數十個白影從大跳落彌敦道，這景像維持了數十秒後消失。

慘劇發生後，由於大火奪命的影像太驚嚇，尤其那具在窗口出現的焦屍更令人膽戰心驚，嘉利大廈成為猛鬼大廈，不時傳出鬧鬼傳聞。

流傳較廣的包括：火災後，警方多次接到報案電話，一名女子從電話中大聲呼救，說嘉利大廈發生火災，消防員及警員到達現場，證實是虛報，追查電話來源時，發現電話從嘉利大廈十五樓一單位打出，該電話號碼原為已被嚴重焚毀的周生生珠寶金行資訊部所有。

CASE 06

娛圈十年魔咒
特大交通意外
事件背後有傳說

天災人禍中，交通意外的傷亡亦非常嚴重，其中涉及巴士的嚴重交通意外，傷亡人數最多的是2003年7月10日，巴士衝出天橋墮下深井村，釀成二十一死二十傷。

其次是於2008年5月1日，在西貢發生的旅遊巴士翻側交通意外，導致十九死四十三傷。

傷亡人數排第三位的，是1973年8月22日(農曆七月二十四日)的交通意外，當時一輛單層巴士在大嶼山深屈道與山道交界失事撞山翻下山崖，導致十七人死亡，二十三人受傷。

香港第二多死傷的交通意外，發生於2008年5月1日早上九時零二分，一部載有日本神慈秀明會香港分會六十一名教友的旅遊巴士(車牌JZ6686)，駛至西貢公路南邊圍一個大型迴旋處時，懷疑車速過快及煞車皮磨損，全車失去平衡翻側在隔音屏障旁，車頂撞及隔音屏壓向乘客，導致大量乘客被困於車頂及座椅之間。

旅遊車司機孔令國(三十三歲)受輕傷自行爬出車外，這宗交通意外導致十九死四十三傷。

2009年6月5日，孔令國在高等法院承認一項危險駕駛導致他人死亡罪名，他說，事件發生後夜夜驚醒，生不如死。

區域法院法官判孔令國入獄三年四個月，另吊銷駕駛執照三年。律政司不滿停牌期過輕，提出覆核，上訴庭於2010年4月15日裁定律政司上訴得直，停牌期由三年倍增至六年。

案件宣判當晚，有司機駕車經過西貢公路南邊圍時，車內的攝錄機拍攝到十多個白色人影，手拉手圍在路中的迴旋處轉圈，懷疑是在旅巴翻車交通意外中枉死的冤魂。

每十年影星歌星英年早逝

網上有傳言每十年就有影星或歌星英年早逝，1973年有李小龍，1983年有傅聲(影星、歌星甄妮丈夫)，1993年有黃家駒和陳百強，2003年有張國榮和梅艷芳，2023年有李玟和周海媚。

於2013年因交通意外喪生的女歌手陳僖儀，雖未達「巨星」級數，但已得獎無數，有網民認為她不幸去世與傳言吻合，被稱為「娛圈十年魔咒」。

陳僖儀(Sita Chan，原名陳皓儀，1987年3月10日至2013年4月17日)，生於香港，是一位已故女流行創作歌手，有「女版側田」稱號，資深音樂導師林德寶及歌手杜麗莎亦曾為其歌唱導師。

2013年4月17日凌晨二時二十六分，陳僖儀駕駛豐田凌志ES300房車沿西區海底隧道返回君臨天下寓所，在海寶路天橋上疑因大霧行錯路駛上往旺角的支路，當駛至香港專上學院西九龍校園對出位置時，疑路滑失控擺尾，右邊車尾擦撞右邊石壆，然後反彈出路面，直撞前面分岔路的燈箱及石壆，途經司機發現報警。

陳僖儀嚴重受傷昏迷，被送往廣華醫院搶救近兩小時終不治，終年二十六歲，為香港有記錄以來最年輕逝世的歌手。

在陳僖儀遇上交通意外前一日，網上瘋傳一段短片，有司機在油麻地加士居道天橋，拍攝到一個紅衣身影，向海寶路天橋飄去。翌日，歌手陳僖儀在附近油麻地海寶路遇車禍，於凌晨四時十六分證實不治。

早在出事前三個月，陳僖儀於一月時在微博表示夢到世界末日要逃亡，讓她在夢裏跑得像瘋了一般，還請大家給予正面能量，安撫她可以好好的。雖然世界末日的傳言早在2012年被破除，但她最終因車禍喪生，應驗了她在微博所講的事。

老婦怨靈巴士總站徘徊

2002年9月20日(中秋迎月夜)下午六時許，一名六十五歲老婦，在英皇道一間泰國菜館任職洗碗，往馬寶道的投注站購買六合彩，估計頭獎獨得派彩超過三千萬元。

老婦買完六合彩後返回菜館工作，在北角琴行街疑先後遭一輛巴士及一輛的士輾過，巴士車長懵然不知將車駛走，的士司機停車報警，老婦頭顱爆裂慘死，她的兒子認屍時也無法確定死者身份。

當晚九時許，警方曾在北角碼頭檢查過十五部案發時從北角碼頭開出的新巴巴士，在其中三部巴士車身找到人體纖維，包括編號1622的27號路線、編號1204的82號路線、編號1413的23號路線。

警方將十五部巴士扣留調查，要求巴士公司切勿清洗巴士，但姓馮的新巴經理級職員表示，收到行政總經理指令，要為這十五部車作特別清洗。

採員折返打算進一步調查時，才發現該十五部巴士已被清洗並投入服務。

可疑巴士被徹底清洗，警方無法找到足夠證據，證明哪部巴士輾斃老婦，偵查工作逼告一段落。

在事發後不久，有人在深夜看到一名老婦在北角碼頭巴士總站徘徊，在新巴巴士群中找尋些甚麼似的。

有巴士司機曾問這名婆婆在找甚麼，婆婆對司機說：「我的假牙及剛買的六合彩彩票不見了，可能卡在巴士的車底。」

司機聽了後心中發毛，而婆婆就如溶冰一樣，慢慢在他眼前消失。

港島區重案組探員於2003年1月22日拘捕新巴高級職員馮自基(四十六歲)，控以妨礙司法公正罪名，馮自基認罪。

同年10月29日，案件在高院判刑，辯方求情稱馮自基犯案出於對公司的愚忠，但不獲裁判官接納，判處入獄四個月。

FILE 1

談奇述異

99% 香港人要知道的都市傳說

FILE

奇幻世紀

每個區都有自己的靈異故事

每個城市皆有自己的離奇故事。香港這貌似先進的現代化都市，卻流傳不少聽起來異常荒誕的詭異故事。這些涉及靈異的都市傳說，說者都繪形繪聲，務求增加傳聞的可信性，當中「有真有假」，各位讀者聽過多少，又認為當中所講的，有多少與事實不符呢？

CASE

07 藍田邨彩龍戰水怪

藍田邨徙置大廈於1966至1975年間落成，共二十三座，現已全部拆卸重建。

第十五座外牆上一條約六層樓長的彩龍浮雕，坊間流是水龍。

傳聞興建藍田邨時，地面有血水滲出，但不見任何屍體，工人說像鋤傷類似龍的物體，政府遂於牆上繪畫飛龍以安定民心。第十五座入伙後，有人說半夜聽到水滴聲，翌日整條走廊都是水，有傳聞指每晚水龍移動時弄濕走廊。

邨內流傳藍田一帶因水怪為患豪雨成災，有人在第十五座的風水牆外，畫一條六層高的巨龍鎮水鬼。

有一天，邨民看見第十五座對開半空中有一龍一妖在拼鬥，翌日發現剛竣工的飛龍彩漆落，「傷痕」纍纍。

此後，藍田無發生豪雨成災慘劇，邨民相信是龍神有靈，將水妖驅走。

政府官方說法是1970年8月，藍田邨第十五座落成，是全港第五百座公屋，政府工務司署於大廈外牆設置一條彩龍浮雕慶。

另一傳聞是當年於第十五座位置發現恐龍化石，政府於第十五座外牆加上彩龍浮雕作為紀念。

CASE

08

運頭塘運頭填塘

運頭塘的名字，傳聞是日軍進攻香港時，在新界地區遭到游擊隊截擊，傷亡慘重，入村後都會實行「三光政策」(殺光、燒光、搶光)，日軍殺人後都會將屍體的頭斬一下，用人提着拍照留念，在日軍離開後，無頭屍體與頭顱四散地上，無法配對。其他村民只得將屍身與頭顱，分別用木頭車運到附近一個乾塘埋葬，該地被稱為運頭塘。

不過，運頭塘這個名字早在清朝已有，在英國接收新界前，大埔七約成立時，運頭塘村已列在名單上，英國接收新界時所登記的原居民村落亦已包括運頭塘村。據部分老一輩大埔原居民稱，大埔在日治期間相對太平，運頭塘亦一直為耕地，沒有成為亂葬崗。當時的日軍亦無必要長途跋涉地把市民的屍體從市區運入新界，可見運頭塘的名稱由來與抗日戰爭並無關係。

CASE 09

荔景邨凶宅冤魂

葵涌荔景邨樂景樓三樓一個單位，一名母親與一對分別為二十二歲及十八歲的女兒同住，大女兒與男友情海翻波，1984年，男友持刀行兇於單位內斬殺兩姊妹，其母親重傷入院，行兇者被判終身監禁。

兇案單位經翻新後重新編配，經多次編配後，住客都在一個月要求搬走，最短是入住當晚便搬走。

房署用磚頭將單位封閉，後來改造成電錶房，但鬧鬼傳聞就從未停止。

據說在每晚半夜三時，走廊上會傳出高跟鞋聲，由樓梯口一直行到事發單位附近便消失，日日如是。

附近住客驚得搬走，但樓上樓下單位的住客，深夜時份仍聽到該單位內傳來電視聲及開關水喉聲，甚至有人聲稱聽到單位內傳出兩把女人交談以至爭吵的聲音。

CASE
10

華富邨 UFO 事件

八十年代初的一個晚上，目擊者感到劇烈震動，走出屋外望向華富邨華泰樓上空，看到一架多角形巨大黑色物體停留不動，體積大得可覆蓋兩幢井字形公屋，十足航空母艦。

隔了一會，UFO慢慢升起，底部邊緣有白色燈閃亮，中間有藍和綠燈，當這些藍和綠燈一亮時，地就開始震動，更會出現如大型機器發動時的「嗚……嗚……」聲。

UFO大約停留5至7分鐘後即向大嶼山方向極速飛走。

UFO之後一再在華富邨出現，有些目擊者稱UFO是圓形，像母艦般大。有街坊說，某日黃昏天還亮時，屋內忽然陣陣怪風，天色轉暗，不久有一束強光射向天井，看到很多細圓點燈光轉動，天色回覆正常後，UFO向南丫島方向飛走。

CASE 11

港大不思議傳說

地牢的休閒室以前是停屍間，盛傳門外有棵吊頸樹，日軍佔領香港時，用作行刑吊死者不計數。

位於港島薄扶林道的港大宿舍，盛傳石梯前有一座石造的四不像，學生接觸過後都有不祥結果。多年前，有學生不信此傳聞，亂摸石像，結果死於非命。

港大一名醫科系學生，追求一名校花，校花對他說，如敢在解剖室獨自過一晚，會接受他的追求。

為求親近佳人，這名學生獨自進解剖室，並把門鎖上。翌日，一群學生進入解剖室上堂，發現那名學生正在嚼食屍體的血肉，該名學生事後被送入精神病院。

CASE 12

中大辮子姑娘

傳說在六十年代，有位辮子姑娘由內地乘火車偷渡，途中被火車職員發現，她在中文大學附近跳車走時，長辮被火車勾住，身體被捲入車底輾碎，血肉散布在路軌。

CASE 13

電視台靈異事件

清水灣舊電視城五廠，據傳女廁最尾一格長期上鎖，傳鄰格如廁的人，經常聽到鄰廁有人敲打格板，並傳手過來拿廁紙。

亞視最初搬到大埔新廠時，一名女藝人說乘升降機時，升降機門關不了，數以十計的人擠「入」升降機內，嚇得她連忙走出升降機，升降機門才關上。

CASE
14

美利大廈鬼打字

美利樓原址位於中國銀行現址，1846年落成後，見證了香港開埠百多年。

香港淪陷期間，美利樓被日軍佔領作為日軍的指揮中心，香港重光後，英軍重駐，但鬧鬼事件不斷傳出。

六十年代，運輸署辦公室位於中環美利大廈內，有職員夜間工作時聽到奇怪打字機聲，又說所有打字機，一夜間全部被搬到地上，還有外籍官員撞鬼嚇致暈倒。為安撫人心，運輸署請高僧來作法，以淨化怨氣，連政府部門都驅鬼，真是轟動一時！

1982年該土地為興建中國銀行新廈，美利樓拆卸，組件保留至1998年，在赤柱用作重建這座歷史建築物。

CASE 15

橫頭磡橫頭就砍

據傳日軍佔領香港時，在這地作斬頭行刑場，因而被稱為橫頭砍，其他改名為橫頭磡。

五十年代初期，政府九龍黃大仙橫頭磡近龍翔道，興建七層高的徙置區安置受清拆林屋區影響的居民，名為橫頭磡邨於1954年落成。

橫頭磡邨的球場，每逢農曆七月都會舉行盂蘭盛會，超渡亡魂，據傳不少另類捧場客都是無頭的。橫頭磡邨於七十年代後期開始重建，新樓宇於1982年至1994年間落成。

CASE
16

新娘潭有鬼新娘

據說，以前有四位轎夫抬着一位新娘，從烏蛟騰嫁到鹿頸，中途路過一條瀑布上方，轎夫小心踏着露出水面的石塊前行，由於岩石濕滑，其中一位轎夫滑倒，新娘連同花轎一併掉落瀑布下的水潭溺斃。

此水潭因而得名「新娘潭」，自此常有鬧鬼事件，有說在水中會看到死去新娘的腳。

新娘潭旁邊的照鏡潭，傳說死去的新娘會在該潭照鏡而得來的。照鏡潭被譽為香港「最壯觀的瀑布及水潭」。

新娘潭雖然有與新婚相關的恐怖傳說，但仍有不少新人會到新婚潭拍攝婚紗照，有傳一對新人在新婚潭拍攝婚紗照後，看相片時竟見到一名穿鳳冠霞帔的新娘，在遠處向他們招手。

CASE 17

調景嶺是照鏡嶺

調景嶺的海灣規圓如鏡、平靜無波，當時的蜑家漁民稱作照鏡環，陸上山崗叫照鏡嶺。

另一說法，是當時聚居在將軍澳西南面(由三家村天后古廟向將軍澳灣開始)的客家婦女，身穿客家服飾下田務農，頭上帽子因太陽反射如鏡，故稱為照鏡嶺。

照鏡嶺這個名字，至英國租借新界後，才因一名外籍洋人士自殺，變成吊頸嶺。1905年，加拿大籍退休公務員倫尼(Alfred Herbert Rennie)，在照鏡嶺興建麵粉廠，當地的地名亦叫做「Rennie's Mill」(倫尼氏磨坊)，倫尼因生意失敗，麵粉廠於1908年4月倒閉，他於4月14日在麵粉廠上吊自盡，當地被稱為吊頸嶺。1950年代，內地逃港的國民黨難民，被港府安置在這處，香港政府社會局救濟署署長李孑農取「吊頸嶺」諧音，改稱為「調景嶺」，有「調整景況」之意。

CASE
18

理工大學多猛鬼

在大學正門向柯士甸道，過了水池後有一條樓梯上本部。樓梯頂部有一個紅色玻璃纖維天花，當年曾有一名工人由高處墮下死亡。很多同學聲稱經上址時，會看見一名男子從橫樑上掉下來。

理大有一塊人造草地，傳聞有工人被石屎活埋，草地內經常滲出一些紅色液體，更有人看見一個滿身石屎的人在草地內爬出來。

理大飯堂有一排貼上反光膠紙落地玻璃，據傳飯堂外的泳池曾有人遇溺死亡，經常有人透過落地玻璃，看到一個人從泳池中跳上來，全身貼在玻璃上。有關方面為怕引起不安，在玻璃窗上貼膠紙遮擋。

CASE 19

大澳「盧亭魚人」傳說

「盧亭」又稱「盧餘」、「盧亭魚人」或「盧亨魚人」，明朝東莞人鄧淳著的《嶺南叢述》提到「大奚山，三十六嶼，在莞邑海中，水邊岩穴，多居屹蠻種類，或傳係盧循遺種，今名盧亭，亦曰盧餘」。

傳說「盧亭」是身上長有鱗片的人形生物，善於捕魚，愛吸雞血，相傳起源自東晉地方官盧循作亂，兵敗廣東，殘部潛居大嶼山水域，漸變種成「盧亭」。

「盧亭」有時會以漁獲與大澳居民換取雞隻，亦會潛入農家偷雞。

有說「盧亭」形狀如熊，吸食雞血後逃逸入海，本地報紙也有報道大澳有十三隻雞離奇斃命，全部都被抽乾血液。

CASE
20

電台禁歌招鬼魂

由顧嘉輝作曲、林振強填詞、麥潔文主唱的《靈氣迫人》主題曲《夜夜痴纏》，據聞每次播出都有靈異事件發生，曾被香港各電台禁播。

麥潔文說的確有許多人對她說，這首歌令人有怪異感覺，特別是開頭哼唱部分更令人毛骨聳然，據傳在電台播出時，直播室的氣會驟降，亦會出現鬼影幢幢。

CASE 21

香港陸沉傳說

現存香港陸沉傳說最早記載是1941年由友聯出版社出版的《香港百年》，該傳說的簡略版一直流傳至九十年代都是指石龜登上山頂，香港便會陸沉。

傳說石龜的位置在太平山盧吉道對開山邊的一堆亂石，即在1940年前被列為香港八景之一的「仙橋霧鎖」所在地。

部份人把傳說扭曲成「石龜」爬到海中，香港便會陸沉，有人指於1997年落成的香港會議展覽中心新翼就是傳說中的海龜爬到海中（官方是以海鷗做藍本），導致香港自亞洲金融危機後經濟持續不振。

這個傳說後來亦在電影《行運超人》複述。

石龜傳說被記載於《香港百年》內的原文「……本港太平山，每年重九，即為人士登高最好所在，山在島之中央，立於山巔，即全島在望，恍忽立在海水之中，而附近各島皆向己環抱。考地理者(風水師)，謂港與各島皆相連接而成一脈，與對海九龍亦相連屬，香港亦龍脈之一點，意為龍首。龍身時隱時現，現時龍現身，故有香港及各島，再過若干年，屬於龍隱身時期，則此龍即深潛水，伏不出，於是香港及其附近各島，皆盡陸沉，深埋水底，此時即香港之末也。」

「一年，有人在山巔，見一怪道人，仙風道骨，當眾大談龍經，即指地而言，香港之龍已有甦動之態，香港末日當在不遠矣！山上本有怪石嶙峋，數若星羅棋佈，道人指之曰，此為龍鱗，試推其一，如批鱗狀，詎一推之間，突發生地震，立者皆撲，仍信道人言，群問以香港陸沉時，趨避之法，道人曰：『吾當本抱救生之旨，為各人點視。』隨以手一指山腰曰：『此為一靈通之龜，將來陸沉之後，僅許此物獨留世上，此龜蠕蠕自山下登山，每年行一米位(一粒米的距離)，當已登達山巔之時，即為陸沉之日，各好自為計也。』言畢，忽不見蹤，眾人急照所指望去，果見一巨龜，蠕蠕半山中，奔下視之，乃一巨石耳。」

CASE 22

崇光消失的八樓

崇光香港百貨有限公司(SOGO HONG KONG)原屬日本崇光百貨，現由利福國際(港交所：1212)持有。

崇光百貨首家分店位於香港銅鑼灣，1985年5月31日開業，當時面積有12萬平方呎。現時，崇光銅鑼灣店共有十九層，平均每日人流八萬九千人次。

2000年，日本崇光負債高達一點八七兆日圓破產，華人置業的劉鑾雄及周大福的鄭裕彤用三十五億港元，收購香港崇光百貨。

2003年，網上流傳一篇名為《SoGo八樓》的傳聞，內容指崇光銅鑼灣店舊翼於1985年啟用初期只使用至七樓，八樓長期空置並用木板圍住。

1993年，崇光銅鑼灣店在毗鄰擴展新翼至十一樓，新翼八樓有扶手電梯可達，但面積只有二百多呎，其餘地方用木板封住，據稱用作貨倉，舊翼八樓用作擺放寢室用品，之後出現怪事連篇。

職員將貨物搬到該層放置後，所有貨物翌日均會自動移位。有保安員晚上乘搭升降機時，無論按哪一層數，經過八樓時升降機均會自動停頓，門會打開。

有傳八樓這個密封空間，有傳藏有大量冤魂，保安員晚上巡邏時，升降機到達八樓時必定停下，並且開門，經法師指點後，設置兩塊大鏡鎮壓。

《SoGo八樓》網傳原文

*唔知大家平時行開銅鑼灣間Sogo，有冇留意到Sogo既七樓同九樓之間係冇八樓既呢？除左lift係唔會停八樓之外，如果你*電梯既話，o係七樓上九樓其間，會經過一層所謂既「八樓」，o個層八樓只有百幾二百呎既面積容納另一條電梯往九樓，呢層既其他地方完全密封，用兩塊大鏡隔開。*

每次經過呢個「八樓」，大家只會見到鏡中既自己，但係點解好地地會冇左個八樓既呢？

Sogo員工一直都有談論，而且大家都知道呢個「八樓」好邪釘。

話說起初SOGO淨係用得著七層，所以八樓用九樓都係空既···

但係後來需求擴大，SOGO決定用埋八樓擺寢室用品既野，但係點知搬晒D野上去之後，第二日所有貨品都會移晒位，亂晒，仲有有時D保安夜晚＊LIFT，無論按幾多層，D LIFT係唔係都會開八樓，

一路維持左一個禮拜都係咁，大家都心知不妙，

所以SOGO高層都搵左大師黎睇睇，大師睇到八樓根本成層都有冤魂侵佔左，由於數目太多，冇辦法趕走，亦都怕觸怒佢地，會引起好可怕既後果，所以大師建議將成層八樓搵野封住，加兩塊大鏡「鎮」住佢地唔好攪其他層數，SOGO高層惟有咁做。

平息謠言

崇光(香港)百貨有限公司行政部經理陳志光為平息謠言，於2003年3月8日帶領記者到舊翼八樓實地視察，八樓只有電掣房、火牛房、維修部及清潔部辦公室，有員工在該層工作，附近亦有樓梯及升降機連接，沒有如鬧鬼傳聞所說放滿貨物。

對於網上傳言，崇光的官方回應是崇光舊翼商場只有八層，擴張新翼後，商場增至十一層，舊翼商場的第八層用作隔火層，不能設置商店，部份地方用作電掣房及裝修部，有員工二十四小時工作，並無作貨倉用途。

由於第八層是隔火層，員工只可乘搭消防專用電梯到達，電腦程式預設升降機必須在第八層停留並打開門，以便萬一發生火警時，電梯在無人操作情況下，仍可在八樓隔火層停下，方便消防員施救及疏散被困人士。

商場舊翼第八層是隔火層，供乘客使用的升降機不會在第八層停留，舊翼的商場升降機只可到達第七層，乘客要使用扶手電梯才可到新翼的第九層，第八層由於大部份空間已被使用，公眾地方面積太細，只有兩個舖位，故增設兩塊大鏡增加空間感。

除「消失的八樓外」，坊間廣泛流傳，二戰時日本其中一艘戰艦名為崇光Sogo，有人以此指責光顧Sogo的華人為漢奸，但資料顯示並無崇光戰艦。

Sogo戰艦可能被張冠李戴，二戰時日本有一艘以大阪府的金剛山命名的巡洋艦Kongo，由英國維克斯船廠建造，1913年8月16日服役。

1944年11月21日，Kongo被美國潛艇海獅號發射的兩枚魚雷命中，彈藥庫爆炸，於台灣海峽基隆以北70海里處沉沒。

CASE

23

溫莎公爵大廈狐狸頭

銅鑼灣溫莎公爵大廈於1979年由香港置地興建，1987年12月，華人置業購入溫莎公爵大廈，改名為皇室大廈，現稱皇室堡。

由美心集團經營的溫莎皇宮大酒樓(Windsor Palace Chinese Restaurant)，於1979年在大廈三樓開業，由於面積大且地點便利，可作大型婚宴或筵席，可容納五十至百多席，甚受市民歡迎。

1981年，溫莎皇宮大酒樓疑因一些特殊理由，被人散播恐怖傳言，一度門堪羅雀。

據傳有一對夫婦包下酒樓全場，為兒子擺滿月酒。

夫婦當晚回家就寢後，太太做了個噩夢，見到一隻紅眼尖牙狐狸向她怒罵：「你們在我的地方擺滿月酒，竟不給我面子來敬我一杯，我要吃掉你的嬰孩！」說罷便把嬰孩咬死。

太太從夢中驚醒，弄醒丈夫告訴他剛才的噩夢內容，兩人立即到鄰房去看嬰孩，赫然見嬰孩臉如死灰並停止呼吸，送院後已返魂乏術，驗屍報告說嬰孩血液被抽乾至死。

其後傳出是狐妖把嬰兒的血氣吸乾，嬰兒父母到擺滿月酒的酒樓查看，見到酒樓的大理石外牆上的石紋內，暗藏一個狐狸頭。

報章報道全港皆聞

經報章報道後，事件愈鬧愈大，狐仙傳說傳遍全港，後來更傳大廈的雲石牆藏有七頭狐狸及一隻兔仔的影像，大廈業主為免引起公眾恐慌，用布將大理石牆遮蔽，更將據稱有狐狸頭的大理石牆拆除，再暗中請來高僧作法，事件才告平息。

狐狸殺人事件的傳聞雖然轟動，但對酒樓的生意影響不大，酒樓繼續經營至2000年才結業，期間沒有靈異事件發生。

據傳狐狸事件平息後，溫莎公爵大廈在三年後又出現「嬰靈」事件。

溫莎公爵大廈內一家百貨公司童裝部，入夜後有小童在童裝部選取童裝穿在身上，又到玩具部取玩具玩耍。

店員翌日回到店內，發現童裝及玩具被掉到地上，點算後確定沒有遺失物品，這些情況屢次發生，百貨公司的保安在店內「守株待兔」，看見一個小小人影在童裝部及玩具部出沒，上前拘捕時，小童望一望保安員後，消失得無影無蹤。

大廈業主再請來高僧了解情況，高僧表示，在百貨公司搗亂的，是三年前被狐狸害死的嬰兒，因怨氣未消，成為「嬰靈」留在人間。

高僧說，「嬰靈」要到十八歲長大成人後才可投胎，在這段時間，可在大廈天台裝設一個鞦韆，讓「嬰靈」可消磨時間，只要定時供奉品，「嬰靈」不會到百貨公司搗亂。

大廈業主在大廈天台設置了一座鞦韆後，「嬰靈」就不再於百貨公司出現。

另一傳說是天台這座鞦韆，是為曾在溫莎公爵大廈出現的兩大五小狐仙而設。

這座鞦韆於2011年被清拆。

CASE 24

蘭桂坊預先張揚殺機

1993年元旦，蘭桂坊於零時十分發生人踩人慘劇，釀成二十一人死亡，六十三人受傷，是香港開埠以來最多人死亡的人踩人事故，大部分死傷者為青少年及外國遊客。

根據官方記錄，消防處於零時零一分，收到第一個九九九求助電話，說蘭桂坊發生人踩人事件，要求派人救援。

首部救護車在零時十一分抵達現場，發現大量傷者倒臥在道路兩旁，不少傷者手腳骨折，重傷者因大腦缺氧而面部呈紫色，有些雙眼反白及瞳孔放大。

首先抵達的救護車要求增援，大批救護人員從四方八面湧至，因傷者太多，擔架床不敷應用，不少傷者即場急救後由警員抬上救護車。

醫院管理局於零時三十五分採取「災難性意外事件處

理」，派出流動醫療車到場協助拯救，重傷者送往瑪麗醫院搶救，由於死傷者眾多，瑪麗醫院將部分遇難者遺體臨時放置在急症室的地上，騰出地方搶救生還者，此舉事後受到社會廣泛批評。

醫療輔助隊於事發後一小時派出醫療輔助隊應急特遣隊到場拯救傷者，所有傷者於二時三十四分全部送抵醫院。

消防處於兩個半小時內共派出二十輛救護車，接載六十九名傷者到醫院。

事發當日，在發生事件的地點上方，懸掛了一幅由多個人頭組成的掛畫，有「玄學家」稱該畫像「招魂旛」，吸引靈體前來，造成慘劇。

事件發生後，有傳在該幅人頭畫內，有二十一名畫中人早已離奇死亡，人踩人慘劇中有二十一名死者，相信該畫預言有二十一人喪命，也不排除畫內離奇死亡的人找替身。

傳言終是傳言，較離奇的是官方的救援記錄，消防處收到求助電話時，慘劇仍未發生，第一輛救護車接報抵達現場時，慘劇剛發生一分鐘，這宗人踩人慘劇，是否有死亡預告呢？

CASE 25

鯉魚門天后顯靈

鯉魚門在清乾隆年間是新安海盜鄭連昌根據地，十分荒涼，除山上的營寨，就只得一個海邊的天后龕。這個天后龕後來變成天后廟，即現時的鯉魚門天后宮，至今已有三百多年歷史。

二次大戰後，經歷三年零八個月戰火洗禮，鯉魚門天后宮已非常殘破，由於位置偏僻，香客不多，附近居住的大都是打石工人，家境清貧，大家都沒餘錢拿出來，廟祝劉火燐一直無法籌錢重修。

1953年農曆四月，天后娘娘報夢給鯉魚門天后宮廟祝劉火燐，說廟宇快要倒塌，要馬上找人修葺，否則祂將無處容身，要求村民重修天后宮。

廟祝夢醒後告知鄉長羅平，鄉長認為是廟祝片面之詞，說除非天后娘娘親自降靈才有「根據」。

數天後，廟祝再得天后娘娘報夢，天后定出在農曆四月初五午時(上午十一時至下午一時)顯靈。

農曆四月初五，上午狂風暴雨，聞訊而至看顯靈的市民心中十五十六。

中午甫過，天空突然轉晴，天后宮天空之上有雲霞凝聚，顯出一個形同天后的形像，鄉長這時相信廟祝報夢之說。

鄉長羅平事前以五十元聘請攝影師，吩咐當天后顯靈時攝下情況，但攝影師總是按不下快門，拍攝顯靈情況失敗。

鄉長羅平錯失良機，十分沮喪，這時《工商日報》記者蕭雲庵來到天后宮，稱已順利攝得天后顯靈情況。

(蕭雲庵是資深記者，於1970年9月在《工商日報》發表《由人文地理歷史上看釣魚臺群島主權與日本侵略》文章。)

蕭雲庵對鄉長說，天后昨晚向他報夢，叫他由石澳居所僱船到茶果嶺，在茶果嶺對出海面，只要舉起相機，向東方拍照就可以。

天后對蕭雲庵說，今次為修葺天后廟顯靈，若隨意給凡人拍下祂在地上的「相」，返到天庭時很難向玉帝交代，拍照的必須不可腳踏土地，為了照片有公信力，也不可任意找個攝影師來做，因而選中了當記者的他。

蕭雲庵乘船到茶果對出海面，果然看到空中奇雲如古代仙女，輪廓清晰，他連拍九張，立刻到附近的照相舖沖曬，只有一張拍到天后顯靈。

天后顯靈照片十分哄動，鄉長率先捐出三百大圓，作修葺天后宮之用，當時報章詳盡刊登事件，非常轟動，成為世所罕見的鎮廟之寶，天后顯靈亦流傳至今。

CASE
26

屯門麒麟石流血

政府為發展屯門新市鎮，七十年代開始擴闊青山公路，增加汽車流量，1976年進行三聖村段擴建時，在道路計劃中有一段被一塊位於麟麟崗對下的大石所阻，當局企圖用炸藥將大石炸碎夷平，方便候築公路。

三聖村民知道當局的計劃後大力反對，說該塊大石是保護三聖村及屯門區的「麒麟石」，屯門三聖墟村未填海前，岸線以此石為界，誰對「麒麟石」不敬，災禍就會降臨。

當年的新界政務司鍾逸傑認為青山公路關係到屯門的發展，批准將「麒麟石」炸毀。

爆破由工務司署（工務局）人員負責，每當開始工程時，負責爆破的「炮王」都發生意外或生病而無法現身。

工務司署從外國聘請爆破專家，由鍾逸傑的獨生子親自到現場監督，終於在高約三點三公尺，闊約二點三公尺的「麒麟石」裝上炸藥引爆，炸藥份量雖可將石爆開，但響聲過後，「麒麟石」只破損了一角，更流出一些類似血液的紅色液體。

圍觀的居民「麒麟石」流血，群情洶湧要求停止工程，居民認為「麒麟石」具有靈氣，凝聚了麒麟崗精華，並與青山灣對開海面的玉鼠島的鼠精互相呼應，庇佑該地居民。

街坊組織要求和當局對話，研究修改公路圖則，以保留該石。 當局恐居民情緒激動，會阻撓青山公路的建築工程，請示鍾逸傑後，同意暫時停工。鍾逸傑之子駕車離開時，在青山公路遇上交通意外喪生。

坊眾請當時麒麟崗上「聖廟」(又名「三聖廟」)的執事，與當局周旋到底。經過一番研究後，該段擴建的青山公路繞過「麒麟石」而行，「麒麟石」得以保留。

三聖廟建於1921年，相傳當年主理人在擇地建廟時，見到青山灣畔麒麟崗氣勢磅礡，對開海面又有一玉鼠島，恍似麒麟吐玉書，風水甚佳，故在崗上建廟。1997年8月26日，三聖廟被古物諮詢委員會評定為第二級歷史建築。

當時的新界民政署署長彭德(Mr.K.M.A.Barnet)為「麒

麟石」事件善後，按麒麟崗上三聖廟之名，將青山灣易名為「三聖墟」，以作紀念，後來在填海所得之地建成的公共屋邨，亦命名為「三聖村」。

「麒麟石」旁邊豎立石碑，寫上「屯門三聖墟村未填海前，其岸線原以此石為界，謹泐貞著以追憶舊日漁村，並象徵新市建設。1981年立」。

1984年，政府將「麒麟石」周圍三千平方公尺地方，興建成麒麟岡公園。

CASE 27

北角石藏人

1913年7月16日，一名居於亞細亞公司附近(現時的油街)的樵夫，晚上聽到男人慘叫，循聲查看，發現一個男人藏在七姊道海邊(大約今日健威花園一帶)一塊叠石入面。

困在石內的男子不懂說粵語，亦拒絕別人把他救出，巨石有數百噸重，當局曾用過多種方法，都無法破石救人，最終由五名美國水兵用最新型碎石機打碎巨石，才救出男子。

男子被救後全身虛脫，由於無法用言語與人溝通，加上行為怪異，被送入域多利精神病院。

數天後，這名男子回復清醒，並且可說流利廣東話，說他在太古糖廠工作(即今天太古坊)，7月13日晚收工後在七姊妹海旁散步(現時的七姊妹道，當年的位置在海旁，亦是戰前有名的北角泳棚)，有兩名美少女邀他到附近一大宅，一同遊花園把酒談心，後來更在屋內享受兩女侍一夫。

翌日醒來，發現被困在疊石之內，無法爬出石外，驚慌下高叫救命，但發出的聲音卻不是廣東話。

後來，經常有野獸到來要把他拉出石外，他拼命反抗，最後被救出送到域多利精神病院。

當時的《香港華字日報》一連兩日以「石藏人」做頭條，但報導至「石藏人」被送到精神病院為止。

「石藏人」在精神病院講出前因後果後，突然倒地不起，送院搶救後證實不治。

這名男子的屍體被送到在1913年成立，隸屬於衛生署化驗科的香港政府化驗所檢驗，驗屍時發現「石藏人」的腸胃都塞滿泥沙、昆蟲等物，內臟已嚴重腐爛。

報紙報道石藏人

1913年香港《華字日報》有關「石藏人」的報導。

中華民國二年（1913年）7月16日（星期三）

香港《華字日報》（Chinese Mail）

是何故歟

筲箕灣(Shau Kei Wan)，亞細亞水火公司(Asiatic Petroleum Company)附近有一穴不知何意，有一華人在其中，有一大石壓其身上。

聞被壓已有二十四點鐘之久，不能救之之故是因穴口大窄。

昨下午警察始悉之，乃即傳消防隊往之，並帶醫生同往。

後又聞其人不能說華語者，現在其究竟尚不知如何，容當續報。

中華民國二年(1913年)7月17日(星期四)，香港《華字日報》(Chinese Mail)

是神是鬼抑是自投羅網

筲箕灣(Shau Kei Wan)，亞細亞公司(Asiatic Petroleum Company)附近有華人被困穴中壹事，已誌昨報。

茲將當日情形略述如下：

初該處有樵者(Woodcutter)，寓亞細亞公司附近。(1913年7月14日，星期一)夜深時(晚上10時左右)，忽聞有異聲，疑是鬼哭；疑是觸犯先靈。奔走屋中，虛驚壹晚。是晚，附近之人亦聞異聲，壹夜寢不安席。

至翌日(1913年7月15日，星期二)，尚聞微聲，惟尚不知是人是鬼。

後有兩入冒險往偵探後，偵得山邊叠石閒，聲所由出，惟尚不見人然。

斯時，已知是人非鬼矣。後有人往捕房(Police Office)報案，謂被困叢石之下者，乃一華人，是從汕頭(Shantau)來者，後覓得該人。

至據被困者謂為鬼所逐不願再出等語，惟該處如許其險窄，而斯人何故被困？則不得而知！後以食物與之，被困者不食。

後由警察報與工務局(Public Works Department)，初擬以繩鎚之出，惟被困者拒而不納！

後警察用電話通告中環捕房(一號差館)後，遂派消防隊往巡警，道及獄中醫官，亦接踵繼至。擬移叠石；則叠石是相連者，不特不能救；反碍移石。及赴救之人欲炸石，則亦行險。

後有人牽之出，為者所拒。牽其手；則以足撐石，使不能動。

後第八十八隊英兵(British Army)攜器具至，亦不能救之。是時，中西人士之到場觀者，不下數百人。

有一人初允落穴中一探，繼又不允。又一西人以手持其膊(Shoulder)欲牽，又為所咬。

後以繩縛其手及兩足，惟仍不能牽之，因為疊石所阻故也。

後醫欲以藥水注射之，惟不特不能成功，連注射之針，亦為所毀。

後卒牽之，亦不能出，且其胸際為石所壓，比前尤為危險，如羝羊之觸藩(進退兩難)矣。

後又再三細驗，悉疊石斷不能去其一，炸石亦然。後約六點鐘(晚上)時，第八十八隊西兵乃離而去。後命工務局工人鑿石而救之，惟工務局人以畏鬼故不敢停留。

於是，遂去至禮拜貳晚半夜，有工務局人往該處，見有美國水手(Sailor Man)五人鑿石而救之，初用小鐵錘(Hammer)，後以小錘無用。

有一水手回輪，取大錘而至，乃鑿石焉。幸被困者當時尚醒人事，自語自言，卒能鑿開六、七寸，旋於昨早四點鐘（1913年7月16日，星期三，凌晨4時），將其人救出，然已被困約三十句鐘（30 Hours）之久矣！

出險時，其人尚醒，惟不能立，後即舁之往醫院（國家醫院 Government Civic Hospital），後驗得其除小傷之外，并無大碍，已送往癲房（域多利精神病院 Victoria Mental Hospital）矣！至若人為何入此穴則未確知云。

北角七姊妹名字來由

北角七姊妹的名字來由有不同傳聞，有說是北角海邊有七塊不同高低的石凸出水面，如七妹般，所以叫「七姊妹」，亦有傳是七名金蘭姊妹，集體投海自殺化為厲鬼，之後岸邊多了七塊大石，所以叫七姊妹。

傳說百多年前，七姊妹海灣（現在的北角七姊妹道）是一條漁村，七名自小喪父喪母少女，在七姐誕當天對天結義金蘭發誓：不能同年同月同日生，但願同年同月同日死。

他們的關係很好，七個人經常一起活動，街坊稱他們是七姊妹。

一天，一班惡霸到這村搗亂，惡霸首領看中了七妹，聲言三天內要娶她過門。

第三天晚上，惡霸前來搶人，七姊妹奪路而逃，走到一個海灣，前無去路，後有追兵，七人齊心地叫：不能同年同月同日生，但願同年同月同日死，之後手牽手跳落海中。

惡霸見搞出人命逃走，村民翌日到海邊打撈，但沒有發現，到了第七天，海邊多了七塊大大小小的怪石，村民認為是七姊妹的屍體化成石塊，將海灣叫做七姊妹灣，即現今七姊妹道與模範里的交界。

根據1849年人口普查資料，七姊妹村有逾二百人居住，房屋有超過一百間。

1911年，香港中華遊樂會於七姊妹區海邊設置泳棚，直到1930年代，七姊妹為當時香港游泳勝地，每年泳者達十萬人次。

1918年，名園遊樂場於該區設立，也是北角區的電車總站（當時叫「名園」站）。

1919年，香港電燈公司關閉位於灣仔的發電廠，於北角興建全新發電廠而填海造地。

1921年，太古打算在附近興建糖廠，因省港大罷工影響而放棄，其後該區改為發展住宅區，即現在春秧街一帶。

1934年，港府於七姊妹區填海完成，興建房屋，電車「名園」(北角)車廠於1931年已建設成。

1935年英皇道通車，帶旺該區的發展，使北角成為新興工業區。

1941年的香港保衛戰中，其中一路日軍於七姊妹區海邊搶灘登陸。

1948年開始，七姊妹區開始大規模發展公共房屋，該區逐步與北角區融合，七姊妹區這名稱亦逐漸被遺忘，現時只剩下七姊妹道以七姊妹命名。

CASE
28

屯門公路與青龍斷頭

屯門公路(Tuen Mun Road)連接屯門藍地與荃灣柴灣角，1974年10月正式動工，屯門公路第一期於1978年5月5日通車，由時任港督麥理浩主持通車儀式。屯門公路大部份為三線雙程分隔公路，是香港九號幹線(新界環迴公路)最長路段，亦是香港第三長道路。

青龍頭(Tsing Lung Tau)位於深井與小欖之間，是荃灣區內陸最西端地方。有人說興建屯門公路時，斬斷了深井青龍頭段的龍頭，令一向負起鎮壓重任的青龍死亡，被多年鎮壓的妖魔鬼怪重回人間作祟。

屯門公路最嚴重的交通意外，於2003年7月10日發生，當日約早上六時半，九巴一輛載有四十名乘客的265M線Neoplan Centroliner雙層巴士，由葵涌麗瑤巴士總站駛往天水圍天恒邨，至屯門公路近往大欖隧道支路，沿中線行駛的貨櫃車突然切線並失控，將在慢線行駛的巴士逼向天橋欄桿，巴士撞斷欄桿、衝出橋面。

巴士在天橋邊搖擺不定，維持約九十秒後，整輛巴士掃毀天橋邊十米欄杆後，直插三十五米下的汀九山村，車頭陷入泥土中，車頭車尾損毀變形，多名乘客被拋出車外，有乘客被壓在車底。

這宗車禍釀成二十一死二十傷慘劇，是香港歷史上最多人死亡的陸上交通事故。死者包括十三名在天水圍九所中小學任職的教師和職員。

新界南總區指揮官施關綺蘿表示，車禍發生前正下微雨，懷疑事件與車輛不受操控有關。

九巴公司雖然事後在荃灣西方寺舉行法事，超渡亡靈，但這宗意外令汀九村變成人間煉獄，此後不斷傳出鬧鬼事件。

深井村村民當日在場協助救人，現場的慘烈情況深印在他們腦海入面，無法揮走。

村民阿生表示，當時在屋外耍太極，聽到撞車聲音，看見一部雙層巴士擱在天橋邊，不久整部巴士從天橋掉下來，落地後發出如炸彈爆炸的巨響，不少人體、殘肢、血雨從巴士噴發出來。

阿生走近查看，見到一名已死亡的乘客雙手仍緊握車頭的橫杆，滿山遍地都是死傷者，情景像空難多過車禍。

現場清理後，在深夜時份，經常都有巨響聲音傳出，有不少人數在發生意外的現場出現，夜歸的村民有時會遇上一些陌生人，向他們道謝，之後突然消失。

靈異事件一再發生，案發現場的深井村被稱為「猛鬼村」。

屯門青松觀特派道士到深井村勘察貼符，青松觀的道長做完法事後為死者立碑，向村民派發鎮鬼符，但靈異事件仍一再發生，有關方面再做了三場法事，超渡死者亡靈。

可能屯門公路的死傷者怨氣太深，很多靈體都在屯門公路出沒，經常駕車駛經該處的職業司機，對這些靈體見怪不怪，甚至將靈體當作乘客，送它們一程。

的士司機和巴士司機若看見屯門公路路邊有「白影」招手，都會減慢車速，讓「白影」搭順風車，一直相安無事。

不過，屯門公路的候車客，卻經常把一些「業餘司機」嚇了一跳。

一名中港商人駕平治房車沿屯門公路向屯門方向行駛時，路邊突然有一名身穿紅衣的女子截車，商人不以為意讓她上車，坐在司機側的座位。

兩人途中有講有笑，但當車駛離屯門公路範圍後，那名紅衣女郎突然消失，座位上留下一條紅色絲巾，商人被嚇得半死，車輛失控撞向路中燈柱停下，司機連滾帶爬走出車廂。

警察到場調查時，發現這名商人酒精濃度沒有超標，商人向警員說出實況，警員私下對他說：「你說避狗出事不是更令人信服嗎？」

2013年7月9日晚上七時半至八時半，2003年屯門公路巴士墮山大車禍十周年，在車禍中喪生的其中一名死者李炳航，生前在天水圍佛教茂峰法師紀念中學任老師，校方在學校圖書館為他舉行追思會，約40人參加，包括校長陳志維、其他教師及李任教過現已畢業的校友。

嚴重車禍頻生

屯門公路大部份路段依山而建，不少路段以高架橋連接，包括掃管笏橋、青龍頭橋、深井橋等，斜路相當多，通

車以來曾發生多宗車禍和嚴重事故。

屯門公路通車後第十四天，1978年5月19日凌晨五時四十分，一輛平治房車由屯門開往荃灣，於深井橋一條直路上，突然直撞路旁燈柱，車頭嚴重損毀，車內兩名中年男女當場身亡。

屯門公路第一宗奪命交通意外發生後數個月，盛傳屯門公路一名鐵騎巡警在路肩監察交通情況時，一輛紅色跑車在面前飆過，鐵騎巡警響起警號從後追截，在深井橋附近將紅色跑車截停。

紅色跑車內有一名男司機及一名女乘客，鐵騎巡警記錄司機資料及向司機發出告票後放行。

這名司機其後沒有繳交告票罰款，運輸署翻查記錄，原來這名司機在鐵騎巡警抄牌前已死於交通意外，類似的「向死人發告票」事件，在屯門公路啟用半年內已有二十多宗。

1981年8月23日約晚上七時十分，屯門公路發生罕見嚴重車禍，一輛剛從青山醫院接載一名患精神病女病人前往市區的救護車(編號A113)，駛至深井迴旋處時失控，與迎面而來一輛滿載乘客的66M線雙層巴士(車牌CC5478)相撞，救護車接連發生爆炸，兩車迅即着火焚燒，救護車上的女病人、女護士、救護員和司機共四人被燒死，兩車共二十九人受傷。

這宗意外後，有人在深井段安放了「喃嘸阿彌陀佛」石碑。

1982年11月14日，一輛行走60M線的九巴利蘭勝利二型（車隊編號G440，當時只有半年車齡）連車長共載有一百一十人，沿屯門公路往屯門方向行駛，至小欖附近撞山翻側，翻滾兩圈，繼而向左翻側並滑行數十米後，至一道斜坡前才停下，幾乎墮下青山公路，司機及錢箱亦被拋出車外。事件造成一名乘客死亡，一百零九人受傷，為香港涉及單一車輛傷亡人數最多的交通意外。

據傳巴士翻下山坡時，剛有一部救護車途經，車上三名救護員下車為傷者急救及包紮，到其他救援車輛及人員趕至時，三名救護員才返回救護車離開。

消防處事後從者口中獲知有這部救護車曾在現場出現過，有人說該部救護車編號是A113，但這部救護車在年多前，在深井與一部巴士相撞後爆炸焚毀，不會被派出執勤。

屯門公路鬼照片

交通意外奪命無數，在漆黑的柏油路上，究竟有多少枉死冤魂，難一一去數清楚。不時有人表示在馬路上見到或拍到靈體出現，「屯門公路鬼照片」甚至登上報紙的頭版。

青山道近沙倉段位大欖涌海員訓練學院前，1992年，一名學院學生因被同學欺凌，在附近一處山坡吊頸自殺，與他相依為命的七十歲婆婆接到噩耗趕到現場，橫過馬路時被一部客貨車撞死。

1993年，現已結業的《天天日報》獲讀者提供一張據稱來自新界西區交通部的一個路邊快相機的「汽車影快相」圖片。

路邊快相機設在青山道近屯門沙倉，圖片拍攝到一團燈紅光團及疑似老婦鬼魂，照片在報章頭版刊登，轟動一時。

後來，有人將這張鬼照片與屯門公路拉上關係，聲稱是在屯門公路拍攝，這張鬼照片最後證實為偽造，與靈異事件無關。

屯門公路亦有飛來橫禍，1995年8月18日，屯門公路小欖段往荃灣方向，一塊巨石從山上擴闊工程工地滾下，擊中一輛小型客貨車，司機死亡。

翻查資料，屯門公路興建時，硬將山坡劏開，令山坡的坡度增加，經常有大石從山上滾下，有一次將一名小童連人帶石掉進附近海面，屍體被石壓住沉在海底。

數日後，有釣魚人士在附近磯釣時，一連釣到五條肥大油鎚，與朋友談起時，朋友告訴他，油鎚是吃腐肉的，在同一地方一連釣到三條油鎚，海底必定有屍體。

這名釣友半信半疑，潛往水底查看，果然發現有一群肥大油鎚，正在吃壓在大石下的小童屍體，於是報警。

警方調查後，認為小童是被山上滾下大石擊中掉入水中，事件無可疑。

CASE 29

屋打麻雀多出四隻手

彌敦道四五二號，即今日彌敦道與眾坊街交界的文豪閣，中華書局所在地，四樓的業主姓葉，是越南華僑，二樓亦是他擁有的物業，最近住客全數遷出，他派女兒到二樓看管物業，女兒閒極無聊，晚上約朋友在二樓的單位竹戰，有時會打至通宵達旦。

據傳在1953年3月5日，竹戰進入關鍵時刻，還有數隻牌就摸旺，上家打出一張牌，下家突然開槓，槓上花自摸西滿糊。

食糊的一家翻牌，突然在枱邊有一雙手向另三家收錢，四人見抬邊突然多了四隻手，立即起身奪門而逃，直奔到附近警署報警。

警員要四人帶路返現場調查，但四人不肯，警察無奈，將四人留在警署報案室，派警員到上址調查。

警員進入上址單位，看見一張麻雀枱翻倒地上，麻雀牌則四散在地上，沒甚麼可疑之處。

警員回到警署，欲向四名報案人查詢時，發現四人不知所終，但在四人曾坐的地方，發現四隻麻雀牌，都是「西」。

無頭人打麻雀

事件發生後，附近居民聲稱看到上述單位在深夜時份有人在單位內打麻雀，四、五個人全部身穿白衣，其中一個會在窗前四處張望，這些人全部都沒有頭的。

居民報警後，警員到場後，只見單位內的燈光亮起，但屋內無人。

除居民外，附近一家食肆的送外賣員工表示，每日晚上九時，上述單位都有人叫外賣，通常是叫五碗及第粥，送到單位後，有一個人開門取粥付錢。

食肆其後發現，存放零錢的錢箱，每日都多了五塊瓦片，店東為追查真相，與送外賣伙記一同送粥到該單位，當有人開門取粥付錢時，店東強行賺門進入屋內，看到五無頭男女，其中四人正在打麻雀。

店東與送外賣伙記拔足逃跑，到警署報案。

事件發生後，大批市民在大廈外圍觀，引致彌敦道嚴重擠塞，警方企圖驅散人群無效，出動裝甲車到場維持秩序。

警員深入調查，獲知二樓住客都被業主逼遷，懷疑因不滿而製造靈異事件。

不過，警員追查後發現，二樓的四名住客早前離開香港到印尼，在一宗交通意外中客死異鄉，因沒有繳交租金而被業主收樓。

另一種說法是有人想收回整幢樓宇重建，但四樓及二樓的業主不肯售出業權，有人導演靈異故事，逼業主遷出。

類似的鬼屋有人打麻雀事件，戰前在大道中何東行亦曾發生過，居民看見一個空置單位，入夜後都有人在單位內喝茶，經有關方面查證後，證實是附近一家飲夜茶的茶樓，燈光將人影投射到空置單位內，形成有人在單位內喝茶的假象。

FILE 3

踏上陰陽路

鐵路殘酷物語

鐵路是一種冷酷的集體運輸工具，它需要耗費巨資，沿著最短的直線路徑建造，它的目的是把遠方的人們連接起來，不惜穿越險峻的山川和深邃的海底，它的軌道經常延伸到人跡罕至的地方。

在這些窮山惡水的地方，許多神秘和恐怖的事情都可能發生，無論是在建設鐵路的過程中，還是在列車行駛的時候，香港鐵路都見證了許多難以解釋的事件。

CASE 30

上環站的奇怪結構和屈地站的神秘消失

香港地鐵(集體運輸鐵路，Mass Transit Railway，MTR)由九廣鐵路與香港地下鐵路兩大城市軌道交通系統於2007年12月2日合併而成。

香港地鐵自1979年開通至2007年兩鐵合併，香港地鐵由地鐵有限公司(現稱港鐵公司)營運多個鐵路系統網絡，有七條路線，全長九十一公里，共有五十三個車站，其中十四個為轉車站。

於2015年3月全線通車的西港島綫，早於1960年代地鐵興建前已納入港島綫一部分。

1967年9月，當時的地下鐵路系統計劃，除港島綫由上環站至柴灣站外，還包括三個站：堅尼地站、屈地站、西營

盤站。

港鐵西港島綫最終興建三個車站，包括堅尼地城站、香港大學站、西營盤站，原本計劃興建的屈地站則取消，由香港大學站取代。

這三個站於2009年8月10日正式動工，於2014年12月28日通車，由於西營盤站尚未啟用，第一階段通車期間，列車進入西營盤站後會短暫停頓，但車及月台幕門不會打開。

被剔出港鐵西港島綫的屈地站，位於嘉安街至山道之間的一段德輔道西地底，在創業商場(即石塘坊)及太平洋廣場內均設有預留位置作車站出入口。

大型鐵路建設通常都會分階段進行，屈地站原是港鐵港島綫的「延伸站」，以便由上環站接駁計劃中的西港島綫。

上環站於1983年3月起興建，1986年5月23號完工，月台全港最長，除可停泊地鐵列車八個車卡外，月台頭尾兩端都有1.8個車卡長度的空位，上下行列車的兩個月台採對向式設計，月台都位於同一水平，兩個月台之間用牆間開。

當列車駛入港島綫終點站上環後，停在南面二號月台落客，列車司機亦無得留低，列車改為無人駕駛駛入車站西面的掉頭路軌，再掉頭進入北面一號月台上客。

這個安排，官方說法是讓列車司機下車休息，列車由無人駕駛轉到另一個月台，由另一名司機接班，但為何在這短短一段路，要改由無人駕駛，由列車司機將車駛入對面一月台，再由另一司機接班其實更方便。

翻查上環站原始圖則，發現兩個月台與其他車站一致，都是可供停泊八卡列車，而月台一與月台二之間亦相通，沒有被牆間開。

一本施工日記記載，1985年月台建成試行列車的時候，列車在兩個月台停車的時候，列車最前的1.6卡，停泊時都超出月台範圍外。

最以為是訊號統發生故障，但無論如何修正，列車都泊不正月台，列車最前的1.6卡都超出月台之外。

為免工程延誤，有關方面決定加長月台，在月台兩端加長了1.6卡長度。

月台加長後，列車每次都停在月台中央，前後兩端各留了1.6卡的長度。

解決了泊車問題，另一個問題又出現了，這個問題較月

台問題還嚴重，就是間中會多了一列「鏡像列車」。

上環站的兩個月台都位於同一平面的兩側，當其中一個月台有列車停泊，另一個月台應該沒有列車，但在早上六時正及凌晨十二時正，上環站兩個月台，在同一時間都各有一列列車，以同一方向駛進月台，停了一會後一齊駛入隧道內。

工程人員並無在上述時間測試列車，就算測試列車也不會同時有兩部列車以同一方向進入兩個月台，而兩列車以同一方向駛入隧道，由於是在同一條軌道上面對面行駛，定然會迎頭相撞。

鏡像幽靈列車

工程人員及專家一連幾天用盡方法研究，最後得出結論是在早上六時正及凌晨十二時正，都會有兩列「鏡像幽靈列車」在上環站兩個月台出現。

經過多番研究後，工程人員在兩個月台中間，築起一道高牆，將兩個月各自獨立，互不相通，「鏡像幽靈列車」自此消失，但在上述兩段時間，在上環站的兩個月台，仍有「鏡像幽靈列車」的殘影過，但對當時的列車行車安全沒有影響。

上環站啟用初期，一名身穿白衣的少女，於凌晨十二時，懷疑誤登「鏡像幽靈列車」，結果掉入路軌之內，剛進站的列車車長看見有人墮軌，連忙煞車，但列車仍平平穩穩地停在月台中央，即兩端各有1.6車卡距離。

車長通知月台職員，在列車車底搜索後無任何發現，將列車按指示駛入用作「延伸站」的屈地站，上環站的路軌亦沒有發現有人被撞倒痕跡，懷疑車長眼花看錯。

一隊工程人員進入屈地站檢查列車，列車車身無任何碰痕跡，車底亦無任何相關發現，但在列車另一端的駕駛艙，打開門後，發現一塊白布攤平放在地上，白布從何而來無法解釋。

白布事件發生後，未知是因為集體歇斯底里出現幻象，還是靈異原因，多名列車司機聲稱當列車到達上環站，乘客全數下車後，車長將列車駛入隧道，繞到另一月台時，在隧道內經常遇到對頭而來的列車，急煞後兩部列車的車頭貼在一起，但沒有相撞。

車長透過駕駛艙玻璃望向對頭車的駕駛艙，看見一名身穿四五十年代服裝的人正在駕駛列車，但轉眼連人帶列車消失。

這種情況每日都出現好幾次，列車車長大受困擾，公司為避因而影響行車安全，決定當列車駛入上環站後，乘客及車長都離開列車，將列車改為無人駕駛，這種方法，一直用至今。

1997年，香港回歸帶動香港尋根熱，不少與昔日香港有關的文物、懷舊照片等紛紛湧現。

鐵路迷安仔在眾多收藏品中有幾張照片，在今日的上環拍攝，最令他感到興趣的，是照片中竟然有兩組共四條路軌一直伸到海邊，路軌上是類似運煤車的貨斗，貨斗上有帆布蓋住，工人用力將貨斗推向岸邊，相信是將貨物運送上岸邊一艘懸掛日本軍旗的貨船。

其中一張照片影到蓋着車斗的帆布被風吹走一角，貨斗內有一雙眼睛向外望，引起興仔的好奇心，貨斗內是否全裝了人，還是有人藏身貨斗偷渡上船？

興仔查到1993年，日軍原8604部隊第一課細菌檢索班兵長丸山茂，寫下屠殺證詞，講述1941年12月，日軍發動太平洋戰爭侵略香港後，大約十萬名香港人，被日軍用鐵斗由上環運上日軍貨船，送到廣州南石頭難民收容所，大部份被日軍用作細菌試驗品後死亡。

興仔看到他搜集到的幾張照片，來源就是這份屠殺證詞。

根據證詞描述，當日運送貨斗的兩組路軌，正位於上環站月台頭尾兩處1.6個車卡濶的位置。

興仔相信，港鐵列車是因為避開這兩組路軌，所以才要讓路。

CASE 31

消失的屈地站

在德輔道德輔道西402至404號及皇后大道西423至425號的在創業商場地庫及地面，有一個空置三十多年的二千多呎地舖，舖內有一條通往地底的通道，是港鐵預留作屈地站的進出口。

屈地站港鐵港島綫的「延伸站」，也是港島綫發生意外時，用作調動列車的後備站。

屈地街鄰近位於皇后大道西的中華煤氣廠房，街名以中華煤氣首任總經理屈地(R.C. Whitty)命名。該處是香港中華煤氣公司第一間煤氣廠，建了多個圓鼓儲存煤氣，居民見煤氣廠有火舌冒出，稱煤氣廠為「火井」，後來成了該地區的代名詞。

在香港日治時期，按照日本化政策，屈地街曾改名為藏前區役所前。

1934年5月14日上午10時45分，位於大道西的一號煤氣鼓發生爆炸，大火焚燒了兩個小時始受控制，附近的加倫台、晉成街和遇安台一帶房屋被波及，導致42人死亡，數十人受傷，數百人無家可歸，死者包括香港大學馮平山圖書館首任館長林棟。

火警發生時，一名在煤氣廠工作的巴基斯坦籍看更，衝入火場將煤氣鼓內的煤氣由安全管道排出大海，避過一場煤氣大爆炸浩劫，而他則走避不及葬身火海。

煤氣廠其後搬遷，址於1961年興建了西環大廈，居民為感謝這名看更捨身消弭災害，在西環大樓第8座地下，設有一隻小小靈位，定時裝香拜祭。

2007年，地產商開始收購西環大樓，到2011年有足夠業權後申請強拍，2014年強拍成功，發商計劃將樓拆卸，重建為一座38層高的住宅大廈。

位於大樓地下的小小靈位，早就被清理了，之後有街坊說在屈地站所在的創業商場，見過一名巴基斯坦籍男子在深夜巡樓，到地下後進入一個商舖後消失影蹤。

2010年2月，位於屈地街公廁及加倫臺休憩處的建造工程展開，分別用作興建車站出入口和鐵路設施，以及臨時重置西環大樓的變壓房之用。

CASE
32

西營盤站的淒厲聲音

港鐵西營盤站興建在地底洞穴內，深入地底50米，啟用後取代鰂魚涌站(深42米)成為全港第二深的洞穴車站，僅次於香港大學站(深70米)。

位於香港佐治五世紀念公園的建造工程於2009年8 月展開。部分公園會用作工地，以建造豎井工程，車輛出入口將設置於高街。

西營盤香港佐治五世公園的豎井挖掘工程，首次以水代替慣常採用的沙包及輪胎，在公園建立一個直徑十二米、深度六十米臨時豎井，在豎井用水進行爆破緩衝，挖掘上環至西營盤的隧道，為本港首次以水作為爆破緩衝。

港鐵建造一條全長四百五十米長密封式輸送帶，將爆破工程產生的泥石，經輸送帶送至西區貨物起卸區的臨時躉船轉運站，再經海路運走。

雖然用多種技術挖掘，但港鐵的西營盤站，仍然未能如期落成，港鐵工程總監黃唯銘解釋，西營盤站附近土質軟及地下水位高，奇靈里出入口行人隧道，須用凍土技術鞏固泥土才可施工。第一街、第二街出入口的挖掘工程亦出現延誤，影響車站通風和走火逃生等安排。

有工程師指出，凍土挖掘法是將工地的地下水凝結成冰，令泥土變硬後施工，但以此技術價格昂貴兼花時間。

西營盤站是火山岩與火成岩交接點，由於接近海邊，地下水較多，但專家認為對工程影響不大，最大問題反而是港鐵採用以水做爆破緩衝，才令大量的水混合爆碎的石塊，形成泥漿流，才是問題所在。

港鐵一份文件指出，西港島綫在使用隧道鑽挖機，鑽挖上環至西營盤隧道時，鄰近隧道的大廈在八十年代進行樁柱維修工程時遺留了鐵架，阻礙挖掘東行隧道，工程團隊需建造一條長二十七米和直徑兩米的隧道，以移走遺留於地底的鐵架。

據參與建造西營盤站的工人透露，香港佐治五世紀念公園在日治時期曾是亂葬崗，由於該處對下有一個石灰岩溶洞，不少屍體都被埋在這個三十多米深的溶洞入面。

戰後，當局清理這個亂葬崗時，只挖出溶洞之上的屍體，沒察覺地下有一個溶洞，而溶洞內有大批屍體。

屍體在石灰岩洞內得到較好保存，數十年後，港鐵西港島綫動工，用炸藥挖掘隧道，將石灰岩洞破壞，幾具屍體掉到港島綫的隧道內。

工人將情況通報上級，上級到場後，明白到若將事情呈報，政府派人來挖掘屍體，將會嚴重影響工程進度，搞不好就如港鐵沙中線掘出古井後，要立即停工，導致工程延誤。

水中爆破

高層與專家研究後，認為若用一般的爆破方式，必定會將溶洞炸爛，到時會有更多屍體掉入隧道內，到時更難處理。

為減少爆破的震動，工程師改良炸藥拆樓法的用水減低震蘯及飛塵方式，施行「水中爆破」，這種方法雖然有效減低震蘯，但缺點卻是令隧道內的積水增加，混入泥塵而形成泥石流。

泥石流衝擊溶洞，又有屍體從溶洞內跌到隧道，工程人員參考武漢過江地鐵二號線以「凍土挖掘法」的經驗，決定用「凍土挖掘法」，用溶洞附近的隧道，冷卻至零下二十度，灑水起出一層冰盾，防止溶洞內的屍體掉下隧道，妨礙施工。

這個方法雖然可行，但卻因原先軟的土壤都變成凍土，要用重型機器才可挖掘，工程進度受阻，令到西營盤站無法如期完工。

另方面，雖然營盤站未能如其完工，但在輿論壓力下，港鐵被逼先啟用港大站及堅尼地城站，由上環來的列車，先經過仍未啟用的西營盤站，稍停一下，才繼續行程。

有關方面表示在西營盤站停一停，是訊號系統預設，所以車站雖然還未啟用，仍然要停。

熟識內情的人表示，訊號系統隨時可以更改，否則列車若發生故障，如何作出調動？

列車經過西營盤站要停一停，與訊號系統無關，該名人士稱，列車原本是不用停西營盤站的，但列車抵達西營盤站時，卻會自動在月台停留，列車無法開動，到一段時間後，列車才可重新出發。

在早上六時及凌晨十二時的兩班列車，列車在西營盤站停站時，有工作人員曾見到月台上有乘客等候，並且登上列車，而月台的閉路電視，亦拍攝到有不明來歷的乘客在月台聚集及登車。

回說當局用「凍土挖掘法」，先將含水量極高的泥石流的水份凝固成冰，再用大型機械挖掘，這種方法雖然可行，但亦衍生了另一個更嚴重問題，就是埋有大量屍體的溶洞被壓力逼爆。

水結冰後，體積會增加一成，泥石流結冰後，體積增加一成，膨脹時向仍有空間的溶洞擠壓，將溶洞擠碎，溶洞內的屍體亦成為冰屍。

西營盤站的隧道終於挖掘完成，為鞏固隧道，工程人員會在隧道內修築「隧道盾」，簡單來說，就是如用鋼筋水泥築成的大小管。

「隧道盾」建成後，意味「凍土挖掘法」完成歷史任務，冷凍設施亦走，換言之，「隧道盾」內外都回復至室溫。

「隧道盾」的凍土因溫度上升溶解，體積較大的冰亦溶解成體積較細的水，而且還可以流走，「隧道盾」外因而空出適一成空間，而被擠碎了的溶洞內冰屍，亦隨水在「隧道盾」漂浮。

港鐵西港島綫通車後，工程人員通宵檢查上環至堅尼地城這段新啟用的管道時，在西營盤站的管道，常聽到有人用手抓管道的聲響，亦聽到淒厲的聲音：「放我哋出來！」

CASE

33

第四街血淚史

港鐵西港島綫的西營盤站，位於西營盤正街與高街交界至第二街與東邊街交界一帶地底，以島式月台設計，四個出口包括：德輔道西、西湖里遊樂場、正街熟食中心及戴麟趾康復中心，之後新增奇靈里出口。

西營盤站對上有一條街叫高街，高街對下依次為第三街、第二街、第一街，高街原本順理成叫做第四街，但「四」字同「死」字同音，在街坊反對下，政府順應民意，將街名改為高街，亦即四條橫街最高的一條。

據說高街位於香港龍脈最陰之處，是全港陰氣最重地方。

在二十世紀前(公元1900年)，西方普遍認為犯罪是一種精神病，會將一些無法解釋犯罪原因的犯人，或一些「政治犯」囚禁在精神病院。

1875年前，香港的外籍精神病人被禁錮於域多利監獄；華籍病人則囚禁於東華醫院的「癲人房」，即後來的精神病院。

1884年，港英政府認為將精病病人囚禁在監獄內難於管理，在西營盤東邊街盡頭興建一所收容外籍人士的精神病院，即現時戴麟趾康復中心的位置。1892年，港英政府在西營盤高街2號，興建了首間華人精神病院取代東華醫院的「癲人房」，被判入神病院的犯人，大都九死一生，能夠活命出來的少之又少，這座精神病院是名副實的人間煉獄及地獄入口。

高街精神病院樓高三層，以紅磚及花崗石砌成，包括主樓及宿舍。

1906年，香港立法局通過對待瘋癲者的法例，將東邊街及高街兩間精神病院合併為域多利精神病院。

1930年代末期，域多利精神病院不敷應用，政府徵用附近的國家醫院外籍護士宿舍，即今日的西營盤社區綜合大樓，用作女子精神病院，於1941年啟用。

在精神病院內的女病人，不少都是因嚴拒土豪劣紳威逼，而被誣為精神病，被送入精神病院。

精神病院有人將女病人當作妓女，為特殊人物提供特殊服務，不少「女病人」發覺被人迷暈後遭到性侵犯後，跳樓自殺。

類似事件一再發生，精神病院積聚冤氣，有傳夜間經常有跳樓過程重現，有人看見數十名女子在精神病院天台排隊跳樓，並發出淒厲呼叫聲。

天台排隊跳樓

1941年，日軍佔領香港，徵用高街精神病院作「制高點」，大批日軍進駐，高街精神病院成為憲兵總部，兩層地牢改建為逼供及行刑室。

三年零八個月的日治時期，死在地牢內的香港人多不勝數。

日軍在西營盤一帶「拉伕」，強逼他們在位於醫院前面的香港佐治五世公園，掘用作埋屍的亂葬崗。

在發掘亂葬崗時，日軍發現公園泥土之下，有一個大溶洞，可容納更多屍體，將附近地方的屍體，也運到這兒埋葬，到日軍投降時，估計在這個亂葬崗埋葬的屍體超過一萬具。

香港重光後，域多利精神病院恢復運作，這座建築物由刑場改回為精神病院，成為犯人「等死」的地方。

1961年，新界屯門區的青山醫院啟用，取代域多利精神病院。原外籍人士精神病院拆卸，改建成戴麟趾康復中心。華人精神病院仍保留，初期地下改為麻瘋病診所，一樓改為霍亂病院，1972年起改為美沙酮診所。

高街精神病院舊址於1971年開始空置，由於屢次出現靈異事件，被稱為高街鬼屋，2001年改建為西營盤社區綜合中心。

直至現在，高街居民在深夜仍間中會看到「天台排隊跳樓」情景，聽到凄厲的慘叫聲。

現時的西營盤社區綜合中心，入夜後，中心內的某些位置的燈光，會以「三長兩短」（燈光求救訊號）明滅，持續數十次之久。

有的士司機曾接送過女乘客回高街西營盤社區綜合中心，當車抵達目的地後，司機發現乘客座內空無一人。

高街精神病院雖然已經清拆，同時興建了新的建築物，但昔日積存的怨氣，相信要一段時間才可消除。

CASE
34

八號差館靈異傳說

戴麟趾康復中心是西營盤站其中一個出口，位於西營盤高街，建於1935年，原址現時已活化為戴麟趾康復中心南翼，戴麟趾康復中心南翼(South Wing, David Trench Rehabilitation Centre)前身為半山警署(八號差館，Upper Levels Police Station)。

半山警署是香港警務處最早設立的警署之一，前身曾是女孤兒院，為女童提供醫療服務。

半山警署於1870年啟用，早期的警署以號碼編號，半山警署為八號差館，位於普義街(原名為差館街)，是第一代半山警署，差館街與鄰近的差館上街都因半山警署而命名。

1894年，太平山區的鼠疫情況日趨嚴重，政府出動軍隊及警察，逐戶入屋搜查，將懷疑染上鼠疫的居民，強行帶走

到八號差館，集合一定人數後，用卡車送到堅尼地城警署的臨時醫院，再轉送到「海之家」。

港府強捕居民，差館街被稱為黃泉路，居民透過東華醫院向政府要求准許病患者離港返回內地，港府一來以眾怒難犯，另方面為疏散人口也是防疫的一種方法，同時讓香港人自由離去，當時有三成人口逃離香港。

港府為確保消滅疫症，將該區所有樓宇清拆，重新發展，八號差館亦遷往附近的醫院道，為第二代半山警署，直到1925年拆卸。

太平山區重建工程於1898年左右完成，原來的差館街，由於一度被稱為黃泉路，易名為普義街。

第三代八號差館於1928年啟用，當時半山區的治安需求增加，政府於1935年拆卸建第三代舊半山區警署，原址重建為現存建築物，為第四代半山警署。

半山警署依山而建，1935年改建後，差館正門大地設在高街。

大地是警署內供警察車輛停泊的用地，昔日每支軍裝巡邏小隊有一名見習督察、一至兩名警長、四至六名警目，其餘均為警員，整體人數視乎警區而定。

出更前訓示時，全數人員須於大地集合（現時安排在訓示室進行），大地中央有一座木製地枱，用以放置訓示文件。

見習督察和警長皆站於枱後，警員分成兩至三列站於枱前，警目則站於枱兩邊。

訓示前，會先由一名警目負責點名，聞聲警員須立正回應。

人數確定無誤後，見習督察和警長會訓示上級的主要要求和新規例等等，再由警目聲讀各員當天所屬巡邏範圍（咇份）、聯絡位置（當時仍未有通訊系統）、罪案消息、通緝犯及失車等資料，警員均須將資料紀錄下。

訓示畢後，全隊會立正，由警長陪同見習督察進行檢閱，及後開始執勤。

在大地的出更前訓示很快就取消，改為小組在室內聽取指示，原因是每次訓示前，警目在大地點名時，有如韓信點兵一樣，怎樣點都點不完。

「陳大文。」警目點名。

「陳大文到！」有好幾十人同時報到。

真正的陳大文卻呆若木雞地站着，警目再叫陳大文的名字，又有好幾十人同時報到，警目叫其他人的名字，情況亦是一樣。

經過一連串曲折離奇的求證後，發現現時大地的位置，正是1894年香港爆發鼠疫時，警方為懷疑染上鼠疫的居民登記的地方，當年集齊一定人數後，就會先點名再送上警車，自此人間蒸發，沒有再回來。

傳聞深宵時常有幽靈在八號差館進出，原本守在正門的警員都改守三樓側門，警員出入亦繞道而行，正門形同虛設。

CASE

35

人屍同路的太平山區

1894年香港爆發鼠疫，5月至10月導致超過二千人喪生，成為香港開埠甚至有記錄至今最多人死亡的瘟疫。

當年鼠疫的重災區是當年人煙稠密、衛生環境惡劣的華人平民區太平山街一帶。

政府為防止鼠疫傳染英國人，立法禁止華人搬進英國人社區，其中包括1904年立法的《山頂區保留條例》（Peak District Reservation Ordinance, 1904），規定太平山山頂區為非華人居住區，條例一直保留至1946 年才正式廢除，山頂至今以英式建築為主，源起於此。

當時殖民地政府無法對付鼠疫，堅尼地城玻璃廠改建為鼠疫醫院仍不敷應用，當局將醫院船「海之家」（Hygeia，即健康女神）從昂船洲移至西環對開維多利亞港作專門醫院，又

在堅尼地城警署成立臨時醫院。

當局強制患有鼠疫者到八號差館登記後，送到醫護船「海之家」隔離及醫治。

在香港及廣州皆有出現針對西醫以至英國人的傳言，稱西醫隔離治療有不可告人秘密。

當時謠傳「海之家」是一座海上屍體焚化爐，病患送到船上後，會被活活推落焚化爐，骨灰會被磨成藥粉賣去歐洲，用作醫治黑死病。

染上鼠疫的華人為免被活活燒死，躲在家中，病死後才將屍體掉到街上，再當局的「執屍隊」處理，當時的太平山區，可以說是人屍同路。

1948年7月6日，連日天氣炎熱，在太平山街及西街(西邊街)一帶，居民多走到屋外乘涼甚至席地而睡。

凌晨三時，居民忽然聽到一聲怪叫，是「噓噓噓」及「胡胡胡」交替，由於聲音尖銳，無論屋內屋外的居民都被驚醒。

居民看見百多個人影，由山下的普慶坊、卜公花園如萬馬奔騰般，向荷李活道衝上來，一直去到八號差館才消失。

據八號差館的警員說，在上述時間，八號差館的大地(警署內供警察車輛停泊的用地）突然有大批人聚集，並且發出「噓噓噓」及「胡胡胡」的聲音，數分鐘後人及聲音都突然消失。

街坊事後認為，大約五十年前（1894年）香港曾發生鼠疫，現在卜公花園都是民居，有大量居民感染鼠疫死亡後，當局將民居拆卸，起了公園，而普慶坊在二十多年前亦發生塌樓慘劇，有百多人遇難。

居民懷疑凌晨出現的情景，可能是當年的冤魂出現，要做法事超渡亡魂。

CASE 36

六個火爐與小女孩

八號差館（半山警署）在警署重組後，併入西區警署，原址改作港島總區刑事總部，至2005年6月止。

2006年，港島總區刑事總部遷入新建的警政大樓主樓，八號差館原址空置，建築物現被列為香港三級歷史建築，且被列為中西區文物徑西區及山頂線的景點之一。

位於高街1號F的八號差館，建築物樓高五層，有新古典主義建築風格，洋溢裝飾藝術氣息，主要設施包括報案室、羈留室及員工宿舍。

港鐵西港島綫工程展開時，港鐵耗資三億元活化八號差館（半山警署），用作重置因港鐵西營盤站出入口而需拆卸的戴麟趾康復中心舊翼，建造工程於2009年7月展開，2011年3月完工。

戴麟趾康復中心新址分為南翼及北翼大樓，南翼前身是八號差館，樓高五層，主要提供精神科服務，北翼重點提供職業及物理康復治療服務。

八號差館被評為三級歷史建築，新中心盡量保留八號差館舊有建築特色，包括拱門、窗框、火爐及旗杆等，為保留舊有建築特色，新址保留了六個火爐，以膠門包裹，防止被破壞。

八號差館原計劃在服務時間內，市民可進入參觀，但建築物其後不對外開放。

八號差館不對外開放，據傳與差館內六個火爐有關，在建築物裝修期間，建築工人經常看見有小女孩在六個火爐爬出爬入，但轉眼間又失去蹤影。

當局為防小童爬入火爐發生意外，特別用膠門將火爐入口封住，但仍禁不到小女童爬出爬入，由於這些小女童在日光日白仍會出現，當局恐怕會嚇怕參觀人士，決定不開放八號差館予市民參觀。

CASE 37

堅尼地城的七部成屍

堅尼地城在填海前，房屋依山而建，在山上開墾用作建屋的平地稱為「臺」。

西環七臺約有七八十年歷史，七臺分別為太白臺、羲皇臺、青蓮臺、桃李臺、學士臺、李寶龍臺和紫蘭臺。

這七臺昔日各自都有組織更練，每戶收取大約三幾元作保安費和管理費，更練配有木棍和銀雞。小販及賣藝者亦常在七臺之間販賣及找生計。

最為有名的三個臺，包括學士臺、桃李臺和青蓮臺。這三個臺位處較高位置，擁有全海景，早期樓價最貴，居民以華裔富商為主。

七臺中以學士臺位置最高，僅有13個街道編號，房屋面積最大，屋主亦最富有。

桃李臺外型像新月，佔地最廣闊。

羲皇臺的治安非常好，居民相當放心。

太白臺被拆卸改建前是妓女集中地，一般人很少踏足此地。

羲皇台的治安雖然最好，但在1940年5月12日曾發生三屍四命兇案，這宗兇案由八號差館的探員負責偵查。

1940年5月12日晚上十時許，西環羲皇台三十三號三樓趙宅，發生關麗珍繼室持刀斬殺家姑區氏、丈夫趙作已懷身孕妾侍林蓮桂、妾侍兒子趙奕華（十一歲），釀成三屍四命慘劇的疑兇關麗珍（三十一歲），在中央巡理府第三法庭提堂，多達七百名市民到場一睹疑兇真面目，要警方派人到場維持秩序。

關麗珍由負責調查此案的華探目陳泰及巡理府女解員帶出。

關麗珍向到庭聽審的親友交帶說：「我有會一份、金手鈪一個、玉耳扣一對、現款二十五元，請代保管。」

法官將案定六月三日及四日一連兩天審理。

關麗珍為新會河泉鄉人，與家姑區氏、丈夫妾侍林蓮桂、妾侍兒子趙奕華，義媳雲妙蓮及兒子同居於上址已有數年。

當晚十時許，雲妙蓮與子已入睡，被呼救聲驚醒，看見

關麗珍用刀狂斬林蓮桂，立即奪門到街上求救。

附近看更簡維登到場見發生血案，對關麗珍說：「趙少奶，何以家庭小事弄成如此？」

關麗珍說：「維伯，妲己教夫與我離婚，且持刀斬我。我搶渠之菜刀斬死渠，然後就我死。」

簡維登勸關麗珍放下刀，將她帶往警署及報警。

最終，關麗珍被裁定謀殺罪名成立判處繯首死刑，成為香港開埠以來第一名女死囚。

義皇台的案發單位，在夜晚經常都傳出共聚天倫的歡笑聲，從窗口望進去，依稀看到一名老婆婆與一名中年女子、一名少年及一名初生嬰兒在屋內活動。

CASE
38

彩虹站第三條路軌的靈異事件

港鐵大部份路線都要開山劈石興建，常會到達一些前人未到過的禁地，因而引發不少靈異事件。

港鐵九龍灣車廠(Kowloon Bay Depot)是港鐵觀塘綫的車廠，位於德福花園平台之下，旁邊是觀塘綫九龍灣站和港鐵公司總部。

港鐵(當年稱為香港地下鐵路)在1970年代制定路綫圖時，九龍灣車廠為東九龍綫服務，列車如有故障或返廠檢查或維修，都會由彩虹站的中央月台，由一條特別軌道到達九龍灣車廠，維修後，列車經彩虹站的中央月投入服務，避免因列車回廠及出廠，影響列車正常班次。

列車往返維修廠一般在港鐵收車後進行，港鐵乘客由於長期未見有列車使用彩虹站中央月台的路軌，因而引發種種

都市傳說。

最多人談及的靈異事件，是港鐵彩虹站的第三條路軌。

據傳港鐵於1979年正式通車前，由一位工程師、兩位車長及一名觀塘站站長，在彩虹站中央月台試行東九龍綫列車，由彩虹站到當時的觀塘尾站，公司職員、工程師及其他員工在觀塘站等候列車到達。

由彩虹站至觀塘站程只須約十分鐘，但過了半小時，觀塘站的人員仍未見列車到達，向彩虹站查詢時，職員報告列車經已由月台開出，進入一條短隧道後，會到達露天的九龍灣站。

九龍灣站人員回報控制中心查詢時表示，未見有列車由彩虹站駛入九龍灣站，控制中心職員用通訊器聯絡列車上的人，但傳來的只有沙沙聲，沒有任何回應。

再過十幾分鐘後，列車出現在彩虹站與九龍灣站的駕空天橋，經九龍灣站、牛頭角站，終於駛入觀塘站，在場的人齊集在第一車卡外的月台，當列車車門打開，車上四人全部離開駕駛艙，躺臥在第一卡列車的地上，各人都口吐白沫，全身抽搐，四人被送到醫院，一直昏迷，但間中會突然絕望地高叫：「唔好搵我！」，這四人於兩日後死亡。

受聘於港鐵的「技術指導」（能與靈界溝通的大師）到彩虹站查看，「技術指導」進入彩虹站月台後，站內的燈光突全數熄滅，整個車站都被慘綠色的冷光照亮，「技術指導」說：「這兒是鬼門關入口，你們鑿開了不應該鑿開的地方，幸而只鑿開了一點，我還可用符封住，但每七年都要換一張。」

「技術指導」將一道符貼在彩虹站的中央路軌，作法一番後，車站燈光回復正常。

「技術指導」說，在貼符封上缺口前，已有一些靈體從缺口中走出來，在附近聚集，吩咐若看到一些靈異事件，也不用大驚小怪。

CASE 39

隧道口屍體打鞦韆

港鐵彩虹站除有第三條路軌直通鬼門關的傳說外，還有工程人員在隧道口打鞦韆的傳聞。

港鐵彩虹站與九龍灣站以架空天橋連接，據傳在通車前，一名電器工程人員，在彩虹站的隧道口，懸空檢查電纜時，被突而其來的閃電擊中，全身焦黑，當場死亡。

這名電器工程人員工作時已繫上安全帶，死亡後屍體懸掛在半空前後擺動，就像在打鞦韆。

過了不久，有列車車長駕車由彩虹站駛往九龍灣站時，一出隧道就看見一名身穿白色工作服的男子，在隧道口附近的高壓電纜上打鞦韆。

列車車長了解之前發生的工業意外事情後，每次經過都向那名打鞦韆男子揮手打招呼，對方也揮手回應。

大家乘港鐵列車由彩虹站往九龍灣站方向，出隧道後向窗外揮揮手，說不定會看到回應。

CASE
40

德福花園五屍案 冤魂搭列車

1998年7月29日早上六時，九龍灣港鐵站有三名婦人與兩名十多歲女童在台月出現，其中一名婦人向站內職員查詢：「請問，搭邊班車先至可以去到湖北省武漢市通城縣？」

「你們要到內地，可由這兒乘車到九龍塘地鐵站，再轉九廣鐵路到羅湖，過關後再轉火車到武漢市。」港鐵站職員答。

婦人聽了職員的說話，與另外兩名婦人帶同兩名女童上了往九龍塘的列車離開。

數星期後，幾名港鐵職員閒談時，有人提到有婦人問如何乘列車到武漢市的事，其他職員說也曾遇過，由於時間相距數周，所問的又是同一件事，各人都不約而同想起同一件事，連忙到圖書館找數周前的舊報紙看。

一看之下，各人都魂魄散，原來問路的三名婦人與兩名女童，都是九龍灣德福花園五屍案的受害人。

德福花園是港鐵九龍灣站的上蓋物業發項目，1998年7月23日，九龍灣德福花園揭發五屍案，死者包括三名婦人及兩名女童。

德福五屍案發生後，香港警方查到兇手於7月21日殺人後帶同贓款逃返內地，曾要求內地公安協助緝捕，但一直沒有結果。

港鐵職員的「奇遇」，輾轉傳到位於九龍灣地下鐵車廠中央車務控制室旁的地鐵警察控制中心。

香港地鐵於1979年10月通車，地鐵分區順應成立，隸屬於香港警務處行動處行動部東九龍總區，1985年，地鐵分區升格為警區，成為唯一一個管轄範圍橫跨香港五個陸上總區的警區，易名為地鐵警區，負責維持港鐵鐵路站及沿線的公共安全。

地鐵警區的警員將「婦人問路」的訊息，告知負責調查德福花園五屍案的東九龍重案組探員，探員先後接見幾名曾遇上「問路婦人」的港鐵站職員。

各人都不約而同說：「他們問搭邊班車可以去湖北省武漢

市通城縣。」

探員將這個地址告知內地公安，在「婦人問路」後第四十九日(1998年9月15日)，兇手李育輝在湖北省武漢市通城縣被公安拘捕。

經審訊後，李育輝謀殺罪名成立，判處死刑，1999年4月被槍決。

CASE

41

柴灣車廠的尾班列車

杏花邨位於鯉魚門灣(柴灣的白沙灣)，是柴灣西面的一片石灘，曾是柴彎白沙灣工業區所在。

1970年代配合地鐵建造工程，地下鐵路公司使用白沙灣建造過海隧道組件。

1980年12月23日，香港政府正式批准地下鐵路公司分期興建港島綫，為興建柴灣車廠、杏花邨站(在通車前曾考慮命名為「白沙灣站」)及稍後通車的東區走廊筲箕灣至柴灣段，政府需在柴灣西至現在香港海防博物館一帶填海。

杏花邨是全港第一個自設車站的屋苑，車站內只有兩條扶手電梯，是港鐵港島綫最少扶手電梯的車站。(港鐵荃灣綫的大窩口站，亦只有兩條扶手電梯，是港鐵荃灣綫最少扶手電梯的車站。)

踏上陰陽路

鐵路殘酷物語

1985年5月31日，杏花邨站在港島綫首段通車時啟用，柴灣車廠亦已投入服務。

港鐵柴灣車廠是港鐵港島綫的車廠，位於柴灣北部，車廠上蓋為大型屋苑杏花邨第1至18座，旁邊為杏花邨站。車廠內設有港鐵員工康體中心，供港鐵職員消閒聯誼之用。

一則靈異傳說，與一班駛往港鐵柴灣車廠的尾班列車有關。

凌晨十二時三十五分，港鐵列車車長駕駛尾班列車到達柴灣站，車長用廣播系統告訴乘客：「本班列車已經到達終點站，乘客請盡快離開車廂……」

乘客離開車廂後，車長由駕駛艙進入列車車卡，按既定程序由車頭行到車尾，看看是否仍有乘客未下車，或有物品遺下，再進入車尾駕駛艙，將列車駛返柴灣車廠。

車長行到車尾駕駛艙，開門進入，關上車車門，將車駛出月台。

列車開行不久，有人拍駕駛艙的艙門，對車長說：「我還未下車，你開門給我下車啦！」

車長心想，一定是有乘客以為這班是尾班車，上了車後才發覺搭錯車，於是說：「這是回廠的列車，現在停車你也落不了車，到車廠後，我們可安排車送你回柴灣地鐵站，列車很快就到了。」

「你開門我也要落車，你不開門我也要落車。」那名女子說：「車廠我不能去，去了我就返不出來。」

車長正要回話，但從列車的倒後鏡，看見一名白衣少女，上半身已穿出列車之外，轉眼間整個人已穿出列車，由架空天橋飄到馬路後消失。

CASE 42

荔景站的金塔與俑

荷蘭德倫茨博物館(Drents Museum)組成的研究團隊，2015年2月用電腦斷層掃描技術(CT)，掃描一尊佛像，發現佛像內藏一個保持盤坐姿勢的僧侶木乃伊，器官雖不在，骨骼仍相當完整。

這類「佛體金身」(有些是在坐化的和尚身上貼上金泊，成為一尊金佛)或將坐化的和尚藏入佛像內的方法，叫做「俑」。

「俑」由「人」與「甬」合成，「甬」的金文及小篆，都是一種十分殘忍的刑具，將活人困在一個木櫳內，只露出頭部，由此可見，「俑」就是用刑具將人困住。

「佛體金身」在被貼上金泊時，仍然有生命，藏在佛像內的和尚，最初也是活的，所以稱「俑」，由於俑內是得道高僧，一般人相信「俑」是有無邊法力的。

有些皇帝認為「俑」既然有法力，若用「俑」來保護自己的陵墓，可保障自己死後安全，等候重生來臨。

皇帝安葬時，自願或被逼殉葬的人，都會放在一個「俑」入面，被埋在墓內。

對於以人作「俑」，孔子看不過眼，說：「始作俑者，其無後乎？」(以廣東話演繹，用人來做俑，點會有仔生？)

秦始皇的陵墓，「活人俑」的數目雖數以千計，但秦始皇仍下令製造大量兵馬俑以補「人俑」的不足。

不單皇帝是始作俑者，民間亦早有以人「收買」神靈，以活人做祭品的惡行，其後演變成以「俑」作祭品，這些「俑」最常用於建築方面。

修城牆、築堤壩、起高樓、建長橋，對建築界來說都是高難度挑戰，有人以技術去克困難，但有人以旁門左道方法去做，他們認為用「俑」做樁腳，可有效防止建築物倒塌。

這些無良的建築工人，四出拐帶小童，放入瓦缸(類似金塔的缸)內做俑，用來做建築物的樁腳，這種歪風至今仍未完全消失。

香港開埠百多年，不少建築物及橋躉都有用「俑」來做樁腳，亦有人將「俑」埋在山坡，防止山泥傾瀉。

港鐵荔景站的靈異事件，就與「俑」有關。

葵涌荔景邨位於荔景山上，分兩期興建，第一期即第一至四座，於1975 年10月至翌年1月落成，第 二期即第五至七座，於1976年5至9月落成。

荔景邨第一及第二期之間，相隔了一段距離，原因是預留地方興建港鐵荔景站。

港鐵荔景站是一個架空、地底混合車站，部分建於荔景山內，部分建於山外，向青衣站、葵芳站一方路軌以天橋接駁，向南昌站、美孚站一方路軌則為隧道，是港鐵荃灣綫與東涌綫的轉車站，於1982年5月10日啟用。

港鐵荔景站施工初期，經常遺失建築材料及工具，一些建築圖則亦不翼而飛，嚴重影響工程進度，工程人員在施工範圍內裝設多部閉路電視，二十四小時監察。

從閉路電視看到，有幾個小白影將一些物品拿走，搬到正在挖掘的隧道入面。

工程人員根據小白影的移動方向，進入隧道內搜尋，從遠處傳來一些敲打撞擊聲音，於是加快腳步前往尋找。

隧道內漆黑一片，工程人員靠頭燈照明，由於燈光晃來晃向，照在隧道內十分詭異。

可能受到腳步聲驚擾，敲打聲停了下來，工程人員收慢腳步慢慢搜查，看到仍在挖掘的隧道，有些地方損毀，地上遺下一些工具及圖則，正是被偷去的東西。

工程人員通知控制室亮起隧道內的燈，看見隧道損毀的部份，有七個類似金塔（裝置人骨的瓦缸）的東西，其中六個已被打碎，內裏甚麼也沒有，只餘一個完整的。

工程人員小心地將那個完整的金塔取下，打開後看見入面有一副小童骸骨，將金塔連同小童骸骨帶回辦公室。

你不知道的技術指導

為怕報警招來警方封鎖現場調查，阻慢工程進度，工程人員將事情報告給「技術指導」，由「技術指導」處理。

興建大型工程的建築公司，都有「技術指導」助陣，專門處理一些與靈異事件有關的問題。

大型工程經常會挖掘到墳墓或屍體，若沒有可疑，一般都不會報警，交由「技術指導」處理。

「技術指導」到來，仔細看了金塔及內裏的小童骸骨及到隧道現場視察後，說：「建築工程最怕遇上的就是『俑』，想不到今次一遇就遇上七個。」

「技術指導」在隧道內發現「俑」的地方作法一番，再將完整的金塔及其內的小童骸骨，安葬在荔景山一處山坡。

荔景站的建築工程繼續進行，沒有特別的事發生，直至進行地鐵站內部裝修時，怪事又再出現，最常見的是有六名小童問建築工人：「請問你知不知道小傑在哪兒？」

地盤重地，怎可讓小童進來？建築工人驅趕這些小童離去時，那些小童跑入隧道內，不知所蹤。

港鐵的隧道四通八達，而且車務頻繁，建築工人立即通報上司，一場大規模搜索隨即展開，但取終無任何發現。

過了不久，事件又再重演，港鐵高層認為事有可疑，交由「技術指導」處理。

「技術指導」在小童出沒的荔景站走了一遍，知道問題與先前隧道內發現的七個金塔有關，為防那六名小童再度闖入荔景站範圍，「技術指導」在荔景站寫上隱形符咒，將荔景站的荔字，由原本是草花頭下面三個力字（荔），改為草花頭下面三個刀字（荔），以三把刀來鎮場。

有說港鐵最先由日本的西松建設承造，當時香港的製版機都採用日本字型，日語漢字只有「荔」字而沒有「荔」字，所以荔景站及荔枝角站的荔字，都用「荔」而不用「荔」。

為加強鎮壓效力，荔景站以紅色為主色，月台頂部的乘車資訊亦以紅底白字顯示，與其他港鐵車站白底黑字不同（港鐵大窩口站以綠色為主色，乘車資訊以綠底白字顯示，亦是採納了「技術指導」的建議。），直至九十年代兩站月台統一安裝白底黑字吊板為止。

荔景站經「技術指導」布局後，順利完成工程，於1982年5月10日啟用。

在荔景站啟用後不久，在早上六時及凌晨十二時又有怪事發生，在荔景站月台，經常有一名小童來回奔跑，由月台頭跑到月台尾，最後跳入路軌，走入向美孚站方向的隧道。

有車長駕列車由荔景站駛入向美孚站方向的隧道時，看見一名小童在路軌上奔跑。

當是有傳是隨近的葵涌精神病院的院童，逃離醫院走入港鐵範圍，但葵涌醫院斷然否認。

亦有傳小童是附近猴子，由於迷路而闖入港鐵範圍。

「技術指導」接到報告後，第一時間到荔景山一處地方，亦是他將載有小童骸骨的金塔埋的山坡，發現因發生山泥傾瀉，那個金塔被沖出地面，碰上一塊大石破碎，金塔內的骸骨則不知所終。

經過一番努力，「技術指導」找到那具小童骸骨，原來屬於一名叫小傑的兒童，他與另外六名兒童在五十年代，被人拐帶後製成「俑」，埋在荔景山下，港鐵挖掘道時，將其中六個「俑」弄破，「俑」內的小童得而重出生天，但他仍困在「俑」內，六名小童曾設法將「俑」打破救他，但因「俑」有「保護罩」，令他無法脫身。

「技術指導」將「俑」移動埋在其他地方，令「保護罩」失效，在一次山泥傾瀉中，金塔被沖出地面撞上一塊大石破碎，他才重出生天，憑記憶找回金塔原本埋藏的地方，找回六名「朋友」。

「技術指導」後來找到另外六個「俑」，與小傑會合，並在玄園學院為這七個「俑」設置靈位，超渡他們，希望他們能盡快投胎轉世。

CASE
43

大窩口站車長離奇死亡

醉酒灣(垃圾灣，Cindrinkeds' Bay)是六十年代的垃圾填海區，位置在今天大窩口、葵盛、葵芳邨。

日本攻港期間，醉灣是盟軍(主要是英軍)與日軍激戰的地方，當時血流成河，傷亡慘重。

港鐵荔景站向荃灣方向的多個港鐵站，包括：葵芳、葵興、大窩口、荃灣都位於當年的醉酒灣防線內。

戰後，醉酒灣防線枉死冤魂無處不在，為超渡這些亡魂，不少宗教都在醉酒灣防線一帶設置廟宇，這亦是有大量廟宇集中在這一區的原因。

由五十年代開始，這區的球場在每年的盂蘭節都會上演神功戲，為從鬼門關出來的靈體帶來娛樂。

大窩口站(Tai Wo Hau Station)是港鐵荃灣綫一個地底

車站，位於荃灣區鹹田青山公路旁的國瑞路公園地底，1982年5月10日啟用。車站啟用時，是新界區首個設於地底的鐵路車站。

車站至葵興站之間有一條側綫，當此站或荃灣站出現故障時，往荃灣方向的上行線列車將會以葵興站作臨時終點站。車站兩個月台以島式排列，各月台均設有月台幕門。

大窩口站之上，是大窩口球場，現為國瑞道公園，在工程進行期間，為方便施工，港鐵徵用了大窩口球場，導致每年都在球場舉辦的盂蘭勝會要暫停舉辦。

農曆七月，大窩口站建造工程進行得如火如荼，但這時卻經常有閒雜人等闖入施工範圍內，這些人身穿的衣服，以明朝及清代服飾為主，也有民初服裝。

當建築工人上前查詢時，那些人就突然消失，工人想起當時是鬼節，於是集資買祭品拜祭，希望那班人不再到來。

事件傳到港鐵高層，派出「技術指導」到大窩口港鐵站，「技術指導」站的地上地下走了一遍後，建議將大窩口站由原先的地下設計，改為架空建站，因為將來這個站建成後，由於在地下，真正的乘客不會多，另類乘客則會蜂擁而至。

不過，要更改設計談何容易，在這種情況下，「技術指導」只能作出一些補救，將大窩口港鐵站車站配色以深綠色和淺綠色為主，全站只有兩條連接大堂及月台的扶手電梯，是港鐵荃灣綫最少扶手電梯的車站。

「技術指導」說，醉酒灣防線一帶，港鐵車站所經路段，地下都有不少靈體，設計這一段的港鐵車站時，曾提出興建地底車站會遇上不可抗拒的情況，地鐵高層原本接納不建地下車站的建議，但最後因顧問報告及客觀環境，大窩口站採用地底車站設計，因而衍生種種問題。

地下靈體

大窩口港鐵站用綠色為主色，目的是讓靈體以為這個站在地面上的樹林內，從而不在這個站內逗留。

雖然如此，「技術指導」向港鐵高層重申，間中或有遊魂在大窩口港鐵站出沒，希望能先為車站職員及列車車長作「心理輔導」。

2001年8月31日(星期五)，農曆七月十三日，下午七時三十分。

一名車長(四十四歲)駕駛列車由荃灣站開出，列車駛進大窩口站，列車沒有開門讓乘客下車，月台職員到駕駛艙查看時，發現車長暈倒，職員由車頭的緊急門進入駕駛艙，打開列車車門並作出廣播，疏散逾千名列車乘客到月台，等候乘搭下一班列車離開。

一名懂得急救的乘客進入駕駛艙，替仍有一絲氣息的車長急救，為免阻礙其他列車，及盡快將車長送院，職員將出事列車駛往葵興站，救護車將車長送到瑪嘉烈醫院後，經搶救一小時後，醫生證實車長死亡。

港鐵發言人表示，港鐵列車有自動駕駛系統，可將列車安全駛到下一個車站。

港鐵在這宗死亡事件發生後做了一個詳細的調查報告，認為這名車長懷疑是隱性心病發死亡，是港鐵通車以來首宗車長在工作期間死亡事故，為防同類事件發生，所有地鐵職員自此每年均須驗身。

不過，調查亦有一些無法解釋的地方，就是這名車長的死亡時間。

車長離開荃灣站時，荃灣站職員曾與他通話，當時車長並無異樣。由荃灣站到大窩口站約三分鐘車程，換言之，車長就算一離開荃灣站已經死亡，死亡時間應在三分鐘內。

曾為車長急救的乘客表示，車長當時仍有生命跡象，換言之，車長的死亡時間應該更短。

負責剖驗車長的法醫表示，車長雙腳已出現屍斑，顯在死亡後仍然站立了一段時間，直至被人發現，死亡時間應超過一小時。

在這一小時，車長如何駕駛列車及與港鐵人員應對，法醫無法提出解釋，但仍堅持車長已死去超過一小時。

「技術指導」對這件事的解釋當然不會寫在報告內，他說，當天是農曆七月十三日，相信車長在大窩口站看見一些驚嚇事情導致心臟病發，列車由一些靈體駕駛，由大窩口站駛到中環站，再由中環站折返荃灣站，再開到大窩口站，靈體離開後，列車才停下。

CASE
44

荃灣車廠的第一個清明節

港鐵荃灣車廠(Tsuen Wan Depot)是荃灣綫的車廠，位於荃灣北部，原計劃建於沙嘴道地下，是一個地底車站，其後更改為地面車站，車站以紅色為主調，於1982年5月10日啟用。

車廠旁邊是荃灣綫北面終點站(荃灣站)，車廠上蓋物業為由港鐵公司發展的綠楊新邨。

港鐵荃灣站採側式月台設計，原打算延伸至荃景圍(近愉景新城及荃景花園一帶)，興建荃灣綫時，曾荃景花園後方鋪設路軌，計劃再建沿海鐵路，接駁屯門。

荃灣站前身是一個墓地群，這些墓地因興建車站而搬遷至荃灣川龍附近的響石，成為現在的響石墳場。

川龍響石墳場以附近一些石頭命名，用力敲打會發出響亮聲音，稱為響石，有人說，興建荃灣站而將墳墓遷到響石，是冥冥中自有主宰。

古老相傳，這些響石敲起來發出鑼聲的是鑼石，敲出來是鼓聲的叫鼓石。

據說響石是香港龍脈的法器，隨龍脈來到大帽山頂，吸收日月精華，慢慢下移入海便可修成正果，到達響石時因陰氣不足而停下，當局為建港鐵荃灣站，將墓群遷到響石，加重陰氣，可補法器陰氣不足。

在港鐵列車停止服務後，港鐵的車廠才開始忙碌起來，由凌晨一時至凌晨五時這數小時內，要為列車清洗、打掃、檢查、更換零件等等，在列車內外，都有一班人各做各的工作，十分有默契。

工作人員聽到遠處傳來敲鑼打鼓的聲音時，都會緊張起來，有些甚至會放下手頭工作，回到車廠辦公室，表面上是休息一下，實際是刻意迴避。

在荃灣車廠啟用的第一個清明節，車廠的夜間工作人員常都遇到一些「閒雜人等」，他們沒有穿上港鐵員工制服，又不似是到來工作，只是在車廠內探頭探腦，像是在找尋甚麼似的。

有保安員曾查問這些閒雜人等，對方只是說：「明明是在

這兒的，怎麼會不見了，怎麼辦？」

保安員進一步追問時，那人說：「太公明明就住在這兒，現在卻找不到他！」

保安員見對方語無倫次，提高警覺並透過通訊器要求增援。

當其他保安員到場時，遠處傳來敲鑼及打鼓聲，那人聽到鑼鼓聲，很開心地說：「太公來找我了，大家再見。」說完，那人就在眾保安面前消失了。

每年清明節都有類似的不速之客到訪荃灣車廠，「技術指導」了解事件後，對員工說，荃灣車廠以前的墳墓群，為起港鐵而墳墓遷到響石墳場，墳墓主人的後代（已身故的），以前會到荃灣車廠的墳墓拜祭先人，但墳墓遷走後，他們就找不到，所以在車廠尋找。

幸而當局將墳墓群遷至響石墳場，先人可用敲鑼打鼓方式告知後代，自己現時的位置。

「技術指導」說，那些靈體都是孝子賢孫，對人也十分善佷，萬一遇上他們，只要保持鎮定，慢慢離開就可以，若聽到遠處傳來敲鑼打鼓聲音，且到人多的地方暫避，以免受到驚嚇。

CASE

45

坑口站靈體救人

坑口位於將軍澳東面，是將軍澳最古老鄉村之一，在香港開埠初期，坑口是一條漁村。

坑口得名與坑口附近的孟公屋有關，孟公屋附近以前有一條大水坑流出大海，在海口的地方，叫做坑口。

坑口位於海灣，三面環山，香港淪陷期間，坑口成為游擊隊的抗日根據地。

日軍從陸上久攻不下，損兵折將，改由海路強攻，進入坑口村後，實行「三光政策」（搶光、燒光、殺光），將坑口的海水及附近一個白色山頭也染成紅色。

日軍撤走後，西貢居民及游擊隊到坑口村善後，在附近的白色山頭發現大批屍體，將這些屍體就地安葬，將埋屍地點稱為駭地角，意思是屍骸遍地的角落。

1949年，中共取得政權，大批國民黨軍人及家眷與國國黨支持者逃到香港，港府把他們安置在調景嶺，成為香港另一個「三不管」(或稱自治)的地方。

隨後，政府開發將軍澳，以當地的水產命名，將駭地角改為白鰽角，後因當地有大量白色石材，改名白石角，但與屯門的白石角混淆，再改為百勝角。

港鐵興建將軍澳線，有一段行車路線要經過百勝角且要開鑿隧道，港鐵公開招標，合約編號為將軍澳線編號：611－百勝角隧道，總值港幣四億五千六百萬，項目包括設計及建造一條長六點四公里雙線隧道及坐落在隧道上內的百勝角通風大樓。前期工程包括設計及建造斜坡和隧道入口，是將軍澳支線隧道開通開時最關鍵工程。

工程要求1998年11月動工，2002年1月完工，最終由韓國現代與香港基利聯營(Hyundai Kier Joint Venture)取得承建商合約，亦令港鐵開始從韓國購買列車。

港鐵將軍澳線於2002年落成，將軍澳線由將軍澳的寶琳出發，經坑口穿越百勝角隧道，可往將軍澳站及將軍澳車廠，或轉線到康城站及寶琳站。

坑口站(Hang Hau Station)是港鐵將軍澳綫的一個地底車站，位於新界西貢區將軍澳坑口，於2002年8月18日正式啟用，以淺藍色為主要色調。

在將軍澳線落實前，坑口站已率先興建，由坑口站往將軍澳站之路段，因要避開一些「地下設施」，全段均為彎曲路段，成為整條將軍澳線噪音最高的路段，英製列車途經此段時錄得高達102分貝噪音。

港鐵在2010年4月8日於將軍澳線採用韓製Rotem列車，由於韓製列車採用內崁式車門，密封效果較佳，噪音亦明顯減少。

1998年年底，百勝角隧道工程開始動工，由韓國與香港合營的建築公司做足一切大型建築工程儀式，最初是用大型機械挖掘，深入山體後有不少地方都需要使用炸藥爆破。

神秘援手

在一次爆破工程，由於溝通出現問題，亦有說對講機的接收受到干擾，五名工人在爆破起動時，仍身處爆破範圍之內，爆炸發生後，工作人員清理被炸碎的岩石時，發現五名

工人被藏在一個凹位內，失去知覺，但身體無表面傷痕，各人被送到醫院治理，經詳細檢查，證實身體絲毫無損。

五名工人憶述事發情況時，不約而同地說當爆炸發生時，有人將他們抱起，放入一個凹位內，之後他們就不省人事。

除這宗爆破事件外，百勝角隧道工程出現的多次可導致人命傷亡的意外，最終都化險為夷，獲救者都說在危急關頭，有人將他們抱到安全地方。

參與百勝角工程的坑口村居民認為，昔日埋在百勝角的屍體，多是保衛坑口的游擊隊，可能因昔日傷亡慘重，靈體不忍再見有無辜者遇難，在危急時伸出援手。

可能受靈體的救人意念影響，政府斥資35億元在將軍澳百勝角，興建佔地16公頃的新消防訓練學院，供新入職消防員和救護員使用，於2015年底竣工。

新的消防訓練學院包括鐵路和隧道搜救、油站和氣站場景等多項模擬訓練設施。

消防處表示，新入職消防員和救護員屆時將會一同參與訓練，期望能提高雙方協調救援能力。

CASE 46

康城站與「鬼火日軍」

百勝角隧道順利開通後，由將軍澳站到康城站的列車服務，於2009年7月26日啟用。

康城站位於將軍澳百勝角對出的第86規劃區填海用地上，雖是一個於地面的車站，但當局卻刻意將這個車站隱藏在以混凝土建成的建築物內，官方說法是防止噪音滋擾居民，但其中一個原因與該站建在垃圾填區，若採開放式設計，臭味飄入站內，會招來乘客投訴。

另一原因，則與安全及靈異有關。

日本侵佔香港期間，曾在坑口村與游擊隊發生多次戰鬥，都在百勝角被擊退損兵折將，日軍其後改由海上進攻，與游擊隊海陸對戰，最終憑強大的海事實力，將游擊隊全數殲滅，但日軍亦付出沉重代價，不少士兵葬身碧海，屍體埋在海床下面。

九十年代初期，政府積極發展將軍澳，進行多項以垃圾填海工程，將軍澳第86規劃區，由1994年9 月開始以垃圾填海，至1997年3月完成。

由於是以垃圾填海，垃圾腐敗後會產生沼氣，必須在適地方插下排氣管，讓沼氣經由排氣口排出，以免沼氣積壓在地底，成為殺傷力極大的計時炸彈。

在港鐵康城站外不足250米的地方，有兩個沼氣排氣口，為防沼氣積聚，沼氣在排氣口都會被點火燃燒，市民在夜間看到排氣口冒出藍綠色火焰，曾一度為是鬼火。

港鐵將康城站藏在混凝土內，萬一發生沼氣爆炸，也可減少傷亡。

康城站採密封式設計，有傳與「鬼火日軍」奇景有關，當局為免乘客看到一些怪異現象感到不安，而將車站密封。

每年8月15日至9月2日，將軍澳第86規劃區在凌晨十二時都出現「鬼火日軍」奇景，在上述日子，在沼氣排氣口點燃的沼氣，會化成一隊隊日本皇軍的火人，在將軍澳第86規劃區列隊，之後衝向海邊，跳入海中，由於火人數量不少，一齊跳入海中，令海水也被加熱至沸騰。

翻查資料，日皇於1945年8月15日中午十二時宣布無條件投降，9月2日在停泊於東京灣的美國軍艦密蘇里號，簽署《降伏文書》表示願意無條件投降。

日皇雖然無條件投降，但在日本本土及國外的皇軍，不少都難以忍受戰敗的屈辱而自殺，雖然在將軍澳第86規劃區的日軍早已陣亡，但在日本投降期間，仍要自殺殉國，才出現「鬼火日軍」奇景。

CASE 47

五桂山的狐狸精

港鐵五桂山側綫(Black Hill Siding)，位於五桂山隧道，將軍澳華人永遠墳場以北的一條停車側線，主要供將軍澳綫的康城穿梭列車掉頭。康城站通車前為一後備路軌。

由將軍澳綫往北角方向和往寶琳/康城方向的兩個岔口至此接駁，曾因出現故障而令康城穿梭列車延誤。

五桂山一帶在清初時曾有海盜，因名五鬼山，及後雅化為五桂山。五桂山高海拔三百零四米，是衛奕信徑第三段最高點，地理上分隔藍田和將軍澳，站在這兒可同時欣賞兩區景色。

據傳有人打野戰(war game)，射中了一個走動中的人影，走近看時竟是個稻草人，原本無五官的稻草人被顏料彈射中後，竟看似七竅流血，該處附近無農地，稻草人從何而來惹人猜想。

五桂山上有一條竹林小路，小路兩旁放置了許多由水泥及鐵線造成的雕塑，大約有四五十個，有各種造型人像，不同種類的動物，大蛇和巨龜雕塑最令人心寒。

據晨運人士稱，所有雕塑都由一名叫李伯的人製造，他窮極無聊，於1983年開始製作雕塑，現已日久失修，部份雕塑已褪色，用作骨架的鐵線也外露。

據傳李伯在1935年已在港島大坑虎豹別墅任職，與其他工人一起製造虎豹別墅內的泥塑雕像，他主要負責製作十八層地獄。

虎塔附近依山而建的「十八層地獄」，在許多山洞內都有很濃烈的鮮艷雕塑，多是以閻羅王、鬼差收押犯人、斬頭、鈎脷筋、腰斬、上刀山、下油鑊，及各式各樣血淋淋慘烈酷刑等造型，訴說著輪迴受苦、懲惡勸善的故事，給遊人留下很鮮明強烈的印象。

虎豹別墅主人胡文虎昆仲以賣藥致富，他們深信因果報應，利用虎豹別墅內的地獄情景，以生死仙凡故事來祭祀遊魂野鬼，儆醒世人以作陰德，在星在港的花園都有此主題。

1981年，李伯在修復十八層地獄的雕像時，發現閻皇殿旁邊竟然多了兩大三小狐狸，他連忙將這五頭狐狸剷走，據傳這五頭狐狸其後走到銅鑼灣溫莎公爵大廈作祟，哄動全港。

狐狸作祟事件發生後，李伯恐怕狐狸回來尋仇，立刻辭工不做，返回調景嶺居住。

後來，有人看見李伯每天都到五桂山，用水泥及鐵線造一些雕塑，李伯說，虎豹別墅內的雕塑是時候要更換，他預先做一批，到時就不用手忙腳亂。

不過，李伯這批作品並沒有回到虎豹別墅，只堆放在五桂山的小徑兩旁，李伯亦不知所終。

2000年，胡文虎的女兒胡仙因財政困難，以一億港元將虎豹別墅出讓給長江實業集團，虎豹別墅正式關閉，停止對外開放。

該地原欲興建私人豪宅「渣甸山名門」，但港府在民意要求下，保留「虎豹別墅」主樓，但「虎塔」及「十八層地獄」壁畫則已拆毀，倖存的大宅和私人花園交由政府管理和維修。

CASE

48

油麻地站的墮軌少女

油麻地站(Yau Ma Tei Station)是港鐵觀塘綫西行終點站，也是荃灣綫車站之一，於1979年12月22日啟用，1982年4月26日，觀塘綫終點站啟用。

1981年11月10日中午一時三十分，一列由中環開往觀塘的列車，駛進油麻地站一號月台時，車長及月台上部份乘客均見一名身穿校服的十七八歲女學生墮軌。

車長緊急煞車，月台乘客看見列車滑行一段路並把該女學生捲進車底才停下，車長亦感到有物件撞到列車及捲進車底。

地鐵職員、警員、消防員遍查列車底部及路軌，無發現死傷者，也沒有血跡，列車駛回廠後再次檢查車底，檢查後發現有一塊來歷不明的石頭。

根據當時車站月台閉路電視拍到的片段，可見當列車駛入月台時，有一名身穿白衣的少女，在月台候車時，就像被石頭擊中墮落路軌，隨即被列車輾過。

警方懷疑該名女子墮軌後跌在路軌的中央臥槽，未被列車輾過，事後在混亂中離去，但月台閉路電視未拍到有人從路軌返回月台的鏡頭。

翻查記錄，在油麻地站建築期間，一名二十八歲工人在1978年11月在油麻地站工作時，被一塊從天而降大石擊中額頭死亡。

女學生離奇墮軌失蹤與該名工人之死有時間上的關聯（都在11月發生），而在列車車底找到的不明來歷石塊，是否與擊斃工人的石塊有關，因在列車底發現的石塊事後被棄置，無從作出比較。

電影《魕》是中國首部紀實性靈異恐怖電影，電影長八十五分鐘，由香港人網《恐怖在線》主持人潘紹聰帶領三位性感女演員趙碩之、朱紫嬈、Brandy Akiko林詩枝（馬來西亞），更邀請到印度尼西亞第二大降頭師Pak Mangku及泰國驅鬼師阿贊甩及，趙浩鷲師傅（泰國法術）輾轉香港、印度尼西亞（峇里島）、日本（東京）一帶發掘各種靈異，鬼神事件及奇風異俗，其中有多段珍貴片斷首度曝光，令人不寒而慄。

《魕》的製作隊伍據稱獲得當年油麻地站女生跳軌失蹤的閉路電視片段，片段中可看到一名身穿白衣的長髮女生的跳軌過程。

CASE 49

窩打站的士兵靈體

港鐵油麻地站總共有三層，大堂在最高一層，下一層是荃灣綫往荃灣方向和往中環方向，最底一層是觀塘綫終點站。

油麻地站並非跨月台轉車站，但由於在旺角轉車往觀塘綫，經常都有人滿之患，不少乘客會在油麻地站轉乘觀塘綫。

乘客在油麻地站轉乘觀塘綫，雖然不及在旺角站轉車方便，但港鐵卻不鼓勵乘客這樣做，荃灣綫往荃灣方向的列車到達油麻地站時，列車廣播不會告知乘客可在這站轉乘觀塘綫。

港鐵不鼓勵乘客在油麻地轉乘觀塘綫列車，或與一些靈異事件有關。

油麻地站由於鄰近窩打老道，站名叫做窩打站（Waterloo），與1815年法國國皇拿破崙一世，在英國的滑鐵盧戰役戰敗有關。

油麻地站由英國建築師設計，在大堂及月台支柱上舖上代表法國國旗的紅、白、藍三色的紙皮石，一再強調Waterloo是法國戰敗給英國人的地方。

拿破崙在滑鐵盧戰敗，成了由勝轉敗的代名詞，「遭遇滑鐵盧」常被用作常勝將軍遇到慘敗，而滑鐵盧這個戰場，埋葬了英軍、普魯士軍、法軍陣亡將士的屍體，是軍人戰死沙場的地標。

油麻地站啟用後，第三層觀塘綫站仍在施工，工人使用風炮挖掘，每當在夜間使用風炮時，周圍都傳來慘叫及驚呼聲，工人見到有穿奇裝異服的人，在站內奔跑及互相攻擊，當停止使用風炮時，那些人就不見了。

工人將事情向港鐵報告，「技術指導」到到場看過後，建議港鐵更改站名，但港鐵的英國高層認為滑鐵盧是英國最引以自豪的戰役，不願作出更改，只接納「技術指導」建議勿在晚上使用風炮。

1982年4月26日，車站第三層工程完工，觀塘綫終點站啟用。

這個站啟用後，在最後一班列車，經常都有穿昔日英、法軍服的士兵在車站甚至車廂內追逐，最初以為是外國人打Wargame，其後發現是曾參與滑鐵盧戰爭的軍人靈體。

港鐵為免引起恐慌，刻意減低車站第三層的使用率，「技術指導」再次要求更改站名，但仍然被拒。

「技術指導」為免多生事端，聯絡在港居住的法國人，對他們說滑鐵盧是法國國恥，港鐵車站以滑鐵盧命名對法國不敬，要求改名。

經過幾年爭取，1985年5月31日，油麻地站的英文名稱改為油麻地的英文拼音「Yau Ma Tei」。

2000年初，油麻地站大堂和月台多處牆身的紙皮石出現多道裂縫，車站在2003年翻新，2005年10月，翻新後的油麻地站，原來紅、白、藍三色的紙皮石統一更換成淺灰色，正式與法國脫離關係。

CASE
50

九鐵鬼廣告

九廣鐵路(簡稱九鐵，Kowloon-Canton Railway，縮寫KCR)，連接香港及廣東省廣州市的第一條城際鐵路系統，1910年啟用。

當香港還是英國殖民地時，九廣鐵路分為兩部份，中國境內路段為華段，香港境內為英段，路軌等基建設施分兩地管理。

鐵路始建於1906年，英段於1910年通車，華段則於1911年通車。

來往兩地的直通車服務曾因二戰及後來中國大陸政權易手而停辦，來往兩地的長途客車(港穗直通車)於1979年才恢復行走。

該路段後來由兩間不同公司營運，分別是廣深鐵路股份

有限公司營運的廣深鐵路(原華段)及九廣鐵路公司營運的九廣東鐵(原英段)。

1990年代中期以前，九廣鐵路只代表九廣鐵路(英段)，2007年兩鐵合併時，九廣鐵路公司營運在1910年至2007年在香港發展的所有鐵路網，包括九廣東鐵、九廣西鐵、馬鞍山鐵路及九廣輕鐵。

2007年12月2日，兩鐵合併後，原九廣鐵路列車服務已改由前身是地鐵公司的香港鐵路有限公司營運，為港鐵一部分。

1991年，九廣鐵路拍了一輯形象廣告《火車》，內容是六名小孩在森林裏互相搭肩扮演火車玩樂，營造和諧歡樂氣氛，帶出九鐵服務延續童年對火車的美好印象。

廣告於1992年10月播出，片長約42秒，分三個段落。

第一段是將鏡頭打橫影小孩的腳，最後一個是穿長褲的，推斷是個男孩。

第二段鏡頭從小孩的正面拍攝他們在玩火車，小朋友踏步向前，左搖右擺，這個鏡頭將近完結時，最後一名小孩是紮辮的，推斷這是個女孩。廣告在第三段開始出字幕，由後面往前再看小孩，是個男孩，那究竟第二段紮辮的小孩是誰？怎會突然出然一個女孩？

有人認為這名女孩是靈體，有人說第二段排第三個男孩面無血色，神情呆滯，嘴角像有血流出。

有人將這輯廣告看了又看，看到共有九名小童在廣告片中出現，而廣告片應只有六名小童演出，為何會多出三名小童。

九廣鐵路這個形象廣告，播出後竟被稱為是一個「鬼廣告」。

九廣鐵路於謠言傳出初期沒有主動澄清，沒有抽起「鬼廣告」，引起市民熱烈討論。

不少小學生及初中學生均受該廣告影響，情緒出現問題。

愈鬧愈大

「鬼廣告」愈傳愈離譜，有人說第三名小孩的肩膀開始時沒有手，後來出現了一隻較大且是綠色的手。還有傳聞說有一個畫面，拍到一個小女孩嘴角流血。

謠言繼續傳播，有說被「鬼小孩」搭肩的小孩死了，再傳

出該廣告的製作人員及全部參與演出的小孩都猝死，事件愈鬧愈大。

1992年11月12日九鐵發表強烈聲明，力斥傳聞無稽，引來反效果。

11月20日，九廣鐵路公司聯同製作廣告的奧美廣告有限公司、協製的The Film Factory Ltd.、中國電影合作製作公司、北京環球電影服務公司在《明報》刊登題為《稚子無辜》的大篇幅廣告以正視聽，但謠言仍未平息。

1992年12月23日，九鐵在北京特別舉行一個聖誕聯歡會，將全部曾參與演出這廣告的國內小朋友都請來，還拍下照片，在香港多份報章刊登，以事實證明謠言是無稽的。

傳媒採訪參與拍攝這個廣告的小孩，證實沒有小孩死亡。負責拍攝該廣告的奧美廣告公司亦公開澄清。

雖然消除了「死亡」的謠言，但廣告第二段出現的紮辮女孩從何而來，九鐵解釋這個廣告拍攝了多個版本，有些版本的小孩是不同的，廣告公司選取最好的版本剪接在一起，沒有留意「連戲」這個問題，因而出現有不同的小童出現，小童的排列次序亦不一樣。

為遏止謠言，九鐵公開所有拍攝片段的「毛片」(未經剪輯的電影底片)作為證據。

雖然如此，但九鐵無法解釋為何一輯表達歡樂的影片，整個畫面都是陰暗色調，而演出的小朋友笑容亦很詭異。

在廣告播出前，廣告公司、九鐵為何沒有察覺有問題呢？

此外，九廣鐵路是九龍至廣州的鐵路，服務的是廣東省市民，這輯廣告為何要到北京拍攝，起用北京的小童？

整輯廣告片，無論場景或演員，在香港或廣州都可找到，為何要捨近圖遠？

疑團還是有的。

CASE 51

大埔滘站附近的猛鬼橋

大埔滘站（Tai Po Kau Station）於1910年九廣鐵路英段通車時稱為大埔站，後改稱大埔滘站，車站建築為中國式，昔日是轉乘街渡往新界東北離島和西貢北的重要交匯處。

1970年代，隨馬料水站（中文大學落成後改稱大學站）和碼頭落成，該處水路運輸式微，該火車站連同碼頭被廢棄。

大埔滘站於1990年代初拆卸，位置為現時的新界大埔滘港鐵職員宿舍，靠近現海旁，車站與前大埔滘水警基地，相隔一條吐露港公路。

大埔滘站附近大埔滘段十四咪半，香港政府於二十年代在此種植馬尾松，此地稱為松仔園，在五十年代前，松仔園已有一處地方名叫猛鬼橋。

松仔園石澗是一條小澗，上游是一狹長且峭斜山谷，兩旁是高山，形成一天然巨大集水地帶，下暴雨時，常有突發性山洪出現。

一名大埔松仔園老居民稱，該處山頂早在戰前已築有蓄水池，為大埔墟等地供應食水。

日軍佔領香港時，曾在上址建築水壩，日本於1945年8月15日戰敗撤出香港，水壩工程仍未完成，更可能會決堤，當局立即派人搶修。

1945年8月28日，水務局派人在該處修築水壩，數十名工人在下游河道建橋，以便運送建築物料時，水壩突然決堤，多人因山洪暴發被沖到附近的鐵路旁，工人為免沖出大海，攀上路軌，此時剛有火車駛至，收掣不及，導致廿八人死亡。

慘劇發生後，據傳廿八名死者入夜後仍回到河道建橋，這座無名小橋，被稱為猛鬼橋。

1955年8月28日下午一時三十分，一群聖雅各福群會小學的師生在溪澗旁午膳，突然下大雨，他們走到橋樑底部避雨，山洪突至時大部分人走避不及，被洪水沖走，遇難者經大水渠(現為滌濤山)再沖出大海。

一名圓洲仔農民於海灘上發現三具已僵硬屍體，向警方報案，一艘駛經大埔坳的水警輪加入搜索，於首晚撈起廿八人，當中廿一人死亡。

當時報章以「屍如山積，慘不忍睹」為題報道屍體堆疊於屍車上情況。

報導又指大多數死者「均屬焦頭爛額，全身傷痕，其中多名血肉模糊」。

據目擊者稱，被沖走的人曾一度攀上火車路軌待救，但被高速駛至的火車撞落海面，火車司機疑未察覺撞到人，或因看見山洪湧至，為免列車被沖落海，火車沒有停留，駛離現場。

警方及九廣鐵路公司事後檢查這部火車，發現火車底部夾有人體殘肢，證實這部列車曾經撞過若干人體。

警方繼續尋找失蹤者，同年9月1日下午二時，一名於大埔坳五號隧道火車鐵橋下山坑旁捕魚的兒童，發現一具屍體藏於石罅中，隨即報警。

屍體經辨認後，證實為意外中第二十八名死者，身上有被火車撞過痕跡。

在這宗慘劇中，九廣鐵路英段管理局撲滅蚊蟲工目梁海，與他同行的妻子及兒女亦在這次山洪暴發中離世。

耐人尋味的是，兩宗與猛鬼橋相關的慘劇，相隔十年發生，都是發生在8月28日，部份死者可能是被火車撞死，死亡人數亦為二十八人。

有人說是十年前的二十八名死者找替身，唯恐十年後會歷史重演。

大埔七約鄉公所事後立《怒水橋洪流肇禍記》石碑以誌此慘劇。（怒水橋即猛鬼橋）

碑文為：*松仔園一地，山水清幽，郊遊者多趨之。一九五五年八月念八日，盛暑逼人，士女雲集，遊興方濃，洪流突至，趨避不及，葬身狂流者男女長幼二十八人。勝地多險，其或然歟？都人士恐慘劇重演，特勒碑誌之，使後之來遊者觸且警心而知所慎戒焉。（下列死難者姓名，略）一九五五年十一月吉旦立，大埔七約鄉公所全體委員同立。*（原碑文無標點符號）

慘劇發生後，香港政府在溪澗上游建造水壩蓄水，降低山洪的洪峰強度。

原有的猛鬼橋經多次改建道路工程，已不存在，由近年新建的鋼筋混凝土汽車大橋取代。

那塊《怒水橋洪流肇禍記》被遷移至「松仔園」的大埔滘自然護理區入口附近的大埔滘花園草坪上。

CASE

52

照片裡快高長大的靈童

女演員程麗，1955年開始拍片至1964年共拍了一百零四部電影，在1957年，猛鬼橋慘劇發生後兩年，與新馬仔、吳君麗、譚蘭卿等，拍了一齣以清代為背景的電影《猛鬼橋》，電影於1957年3月14日在香港上映。

《猛鬼橋》電影上映後，程麗與一眾演員到大埔松仔園郊遊，當地村民知道有明星到訪，紛紛出來在遠處觀看，其中有兩名身穿校服的學生，大膽地要求與程麗合照，程麗叫隨行的攝影師為他們拍照。

照片沖曬後，攝影師把照片交給程麗時，程麗對着照片說，希望你們快高長大，勤力讀書，為社會作出貢獻，之後把照片收在相簿內。

1964年，程麗接拍改編自《明燈日報》連載小說的電影

《女俠脫脫兒》，飾演素心女尼，電影分上下集，原本兩集都有程麗的角色，但她拍完上集後就息影。

據傳程麗在拍攝電影期間，整理相簿的照片時，發現數年前在松仔園與兩名學生合攝的照片，相中的兩名學生已「快高長大」。

程麗追查後，發現該兩名學生是1955年猛鬼橋慘劇的其中兩名遇難學生，她由此看破紅塵，離開聲色犬馬的娛樂圈，自我修行。

CASE 53

紅色閘門的靈探意外

1945年香港日治時期後，英國重新接收香港，大量屍體需要處理，1949年國共內戰，大量難民湧港，香港島及九龍市區範圍，為活人建屋的地方也不足夠，更沒足夠土地興建墳場處置屍體。

當時新界道路網未完善，港府為墳場選址，首要可應付大量屍體，亦要方便市民前往拜祭，符合這兩個條件的地方，是九廣鐵路沿線。

政府決定在九廣鐵路近粉嶺一帶的田野興建和合石墳場，興建和合石支線鐵路，用作運送屍體及接載拜祭人士。

1970年代，粉嶺計劃發展成香港新市鎮之一，範圍包括支線途經地方，和合石支線因而拆掉，但和合石墳場未受新市鎮發展影響，至今仍是香港最大型墳場之一。

和合石支線（Wo Hop Shek Branch）是九廣鐵路（英段）由粉嶺至和合石的一條支線，位於粉嶺站以南，1949年10月14日通車，主要方便日常運送遺體到和合石墳場及和合石火葬場，亦會於每年清明節和重陽節接載前往和合石墳場掃墓的乘客。和合石墳場在七十年代爆滿，政府停止運輸靈柩，並考慮停辦和合石支線。

八十年代，九廣鐵路電氣化，政府開始發展粉嶺南及興建粉嶺公路，和合石支線在1983年清明節後停辦及拆除。

初期電氣化火車仍掛有和合石的路線牌，因和合石支線未鋪設電纜，月台太低，無法上落客，電氣化火車從未駛入過。

電氣化火車仍有和合石的路線牌，官方說法是訂購列車時，和合石站仍未取消，所以仍保留和合石的路線牌。

不過，和合石支線根本不能供電氣化火車使用，訂購列車時又怎會有和合石支線的路線牌？

據傳，電氣化火車每日最後一班北行列車，都會以和合石為終點站，列車雖然會在上水站停留，但在經過和合石時，列車都會減慢車速，讓列車上的「特別乘客」下車。

採用電氣化火車前，火車都由柴油推動，而且是貨及運載牲畜、菜蔬多種用途，有些貨卡專作運屍用途。

和合石站月台由於經常要搬運靈柩，為免地面不平，整個車站都用水泥鋼筋建築。

五六十年代，天災人禍頻生，出現很多無名屍體，這些屍體因無人認領，政府將之運到和合石墳場安葬。

無論是否有人認領，屍體多在紅磡的永別亭送上火車，運到和合石安葬。

當火車開動時，沿途有人在車上撒陰司紙等物，舖滿紅磡至和平石路軌，孤魂野鬼入夜後會現身，沿路軌搶奪祭品，情況十分嚇人。

在和合石站，不少冤魂不肯塵歸塵土歸土，在月台聚集不肯離去，期盼自己的親人有朝一日會到來與自己相認。

柴油火車行車時擺動得很厲害，有時會將貨卡內盛屍體的棺材拋出火車，屍體掉在路軌旁邊。

鐵路附近居民對這種情況見怪不怪，通知當局派人前來取回就了事。

和合石支線現已全數拆卸，但在東鐵綫往羅湖站／落馬洲站方向的左面，近上水馬會道天橋旁的一個紅色閘門，就

是原本和合石支線的分支。

近年興起的「靈探」，有三名中學生在夜間打開這道紅色閘門，入內探秘，結果一去無蹤。

數日後，有人在和合石墳場發現有三名學生漫無目的地在墳場轉圈，警員接報到場打算截停三人盤問，但三人沒有理會，繼續轉圈。

此時，墳場的執骨師傅前來開工，見到三名學生情況，知道發生了甚麼事，向空氣說了一番話後，那三名學生不再轉圈，昏倒地上。

三人送到醫院後一度情況殆，到無恙出院時，三人都記不起發生甚麼事，最後的記憶是，當他們打開那道紅色閘門時，門後有很多人向他們招手。

— 全書完 —

本書故事內容，應該純屬創作，

如與現實雷同，肯定全屬巧合。

都市傳説解密報告

編　　著：謎案研究所
責任編輯：四方媒體編輯部
版面設計：陳沫
初版日期：2024年1月
定　　價：HK$118
國際書號：978-988-14412-1-8
出　　版：四方媒體
電　　郵：big4editor@gmail.com
發行　　聯合新零售(香港)有限公司
地址：香港鰂魚涌英皇道1065號東達中心1304-06室
電話：(852)2963 5300
傳真：(852)2565 0919

網上購買 請登入以下網址：

一本 My Book One　www.mybookone.com.hk
香港書城 Hong Kong Book City　www.hkbookcity.com